LES SENTEURS ANTIQUES

Virginie Paquier

Image de couverture Pixabay CC0 Public Domain

Du Même Auteur :

L'ENVERS DES CORPS, Roman

CODE TATTOO, Roman

OFFRE LOGEMENT CONTRE MENUS SERVICES, 3 volumes, Roman

(Traduit en anglais sous le titre : **Laura and Mr Solis, rent-free)**

LA JOLIE VIE DE MELANIE, Roman

DEUXIEME ETAGE, RAYON HOMMES, Roman

LE DERNIER FACTEUR, Roman

C'EST COMME CA, PAPA !, Roman

L'ATELIER DES CŒURS EGARES, Roman

PAGE BLANCHE, Roman

FRANCESCA, Roman

L'AFFAIRE LECLOU, Roman (série Leclou 1)

LE SOIGNEUR D'ARBRES, Roman (série Leclou 2)

LE CHANT DE LA BAIE, Roman (série Leclou 3)

AVANT QU'IL N'EN RESTE RIEN, Roman (série Leclou 4)

CEUX DE L'UBAC, Roman (série Leclou 5)

OU SCINTILLENT LES ROCHES, Roman (série Leclou 6)

UNE FORMULE VRAIMENT MAGIQUE, Roman (série Leclou 7)

LE JEU DE LA ROSE, Roman (série Leclou 8)

LA LEGERETE DU CŒUR, Roman

A L'ATTENTION DES LECTEURS :

Le lieutenant Lucien Leclou est un personnage récurrent, déjà rencontré dans plusieurs titres, (où l'on retrouve souvent la journaliste Macha Daumas) du même auteur.

Toutes ces histoires sont indépendantes et peuvent être lues dans le désordre. Cependant, si vous n'en avez encore lu aucune, vous pouvez suivre cet ordre ;

L'affaire LECLOU (les débuts du lieutenant Leclou)

Le Soigneur d'arbres (petite apparition du lieutenant, une aventure de Macha Daumas)

Le chant de la baie (une enquête du lieutenant Leclou)

Avant qu'il n'en reste rien (Le lieutenant Leclou fait une étonnante rencontre)

Ceux de l'ubac (une enquête du lieutenant Leclou et Macha Daumas)

Où scintillent les roches (une enquête du lieutenant Leclou et Macha Daumas)

Une formule vraiment magique (une enquête du lieutenant Leclou et Macha Daumas)

Le Jeu de la Rose (une enquête du lieutenant Leclou et Macha Daumas)

Les Senteurs Antiques (une enquête du lieutenant Leclou et Macha Daumas)

Parfois, on vit sa meilleure vie,

Puis, ça devient un souvenir

(Sophie Lem)

CHAPITRE 1

— Vous savez ce qui s'est passé, ce matin, en haut de la rue Lebège, à deux pas d'ici, Lieutenant ?
— Non, je ne sais pas, Fauquet, mais je pense que vous allez me le dire ?

Les deux policiers se tournaient le dos dans le bureau du lieutenant Leclou, le brigadier Fauquet épluchant des rapports d'audition pendant que son supérieur tentait de nettoyer une vilaine tache de jus de tomate sur sa chemise.

— Voilà : un accident très brutal, une collision violente entre un camion et une voiture. Le conducteur était seul, heureusement. Il est mort sur le coup.
— Et le camion ?
— De ce côté-là, pas de mal, que de la tôle.
— Bon, ça n'est pas pour nous. Un accident.
— Je me demande quand même comment l'un et l'autre pouvaient aller aussi vite dans cette rue-là. Soixante-dix tous les deux ! D'après des témoins qui les ont croisés et qui ont eu peur, ils ne pouvaient pas être en dessous.
— Tous les deux ? Ils roulaient à la même vitesse, dans une rue limitée à cinquante, avec des tronçons à trente ?
— C'est ça. Et ils se sont retrouvés face-à-face dans le virage.
— Il ne pleuvait pas, pourtant, ce matin. Il va y avoir une enquête, alors ?
— Oui, le capitaine a mis sur le coup la brigade routière.
— Mmm… Arrgh ! Cette tache est impossible à retirer. Je vais me changer.

Leclou disposait toujours d'une chemise de rechange dans son placard, au commissariat. Avec des journées comme il en avait souvent, remplies de surprises et d'appels urgents, il fallait pouvoir être présentable à tout moment devant un officiel, un juge, un notable ou n'importe quel autre représentant de l'autorité.

Et justement, il avait rendez-vous avec l'avocat de famille d'une personnalité en vue de la ville : l'un des principaux candidats aux futures élections présidentielles ! Rien que ça. Les élections devaient se tenir dans deux semaines, et le candidat avait reçu des menaces très sérieuses qui ne pouvaient pas être prises à la légère. Des courriers anonymes avaient été glissés dans sa boîte aux lettres, à son adresse personnelle, et la violence des propos tenus faisait froid dans le dos. Evidemment, ce n'était pas la première fois qu'il devait faire face à ce genre d'agression dans sa carrière, mais là, étant donné l'atmosphère survoltée de la campagne, on ne pouvait prendre aucun risque. A ce moment de la course au pouvoir, les coups-bas et les tentatives d'intimidation étaient souvent les plus virulents.

Laissant Fauquet à ses recherches administratives, le lieutenant sauta dans sa voiture et se rendit au cabinet de l'avocat, un ponte de la profession qu'il ne connaissait que de nom. Celui-ci devait lui présenter les derniers éléments du dossier, dont des messages menaçants reçus la veille par son client, afin de mettre en place des actions de protection particulière. En passant dans la rue Lebège, Leclou jeta un œil à l'endroit du virage où s'était produit l'accident relaté par Fauquet. Le camion n'était plus là, mais la voiture, une citadine blanche, reposait sur le côté de la route. Tout l'avant était écrasé, ce qui attestait bien un choc frontal.

« Eh bien, le conducteur n'a pas dû avoir le temps de comprendre. », pensa le policier.

Il arriva à destination quelques dizaines de minutes plus tard, se frayant un chemin dans la circulation plutôt dense de fin de journée.

Dans les bureaux de l'avocat, il faisait bon et les fauteuils étaient confortables. On pouvait s'enfoncer profondément dans le rembourrage épais, et même s'assoupir en cas de petit coup de mou. L'avocat en avait encore pour une dizaine de minutes avant d'être disponible, Leclou plissa les yeux, posa ses mains sur les accoudoirs, et se mit à somnoler.

Il fut réveillé brusquement, à peine cinq minutes plus tard, par le bruit de la lourde porte d'entrée. Une femme se présenta, le lieutenant ne pouvait pas la voir depuis la salle d'attente, et il était trop loin pour avoir saisi son nom, mais il connaissait cette voix. La nouvelle venue demanda à parler à Maître Sarrazin, l'associée de l'avocat du candidat. La secrétaire lui demanda de patienter, l'avocate allait arriver. La visiteuse remercia.

Cette voix ! Mais c'était… Leclou se leva d'un bond et surgit dans le hall de l'accueil, il avait deviné de qui il s'agissait. Il ne l'avait pas entendue ni vue depuis plusieurs mois, mais il ne pouvait pas se tromper.

— Macha ! C'est bien vous ?!
— Lucien !? Quelle surprise !

Ils se serrèrent chaleureusement la main, comme ils le faisaient à chaque fois qu'ils se voyaient. Malgré une certaine réserve, la joie de se retrouver se lisait sur leurs visages, et cela n'échappa pas à la secrétaire qui esquissa un léger sourire en les observant. Elle n'avait pas l'habitude de tant de sincérité que cela sur son lieu de travail, où se croisaient professionnels et clients de toutes sortes dans des situations souvent délicates.

— Vous avez rendez-vous ici, vous aussi, Macha ?
— Mais oui ! Quelle coïncidence ! Pour le travail, vous aussi ? Je suis envoyée par mon journal, il paraît que Maître Sarrazin veut nous confier une mission délicate. Il s'agit d'une personne disparue.
— Mais comment ça !? Vous marchez sur mes plates-bandes ?

Tous deux se mirent à rire. Le lieutenant plaisantait, mais l'histoire l'intriguait tout de même. Depuis quand Macha était-elle détective ? Certes, elle en avait largement les capacités et ses multiples déplacements l'avaient souvent menée sur des chemins d'investigation dignes des meilleurs limiers, mais elle était avant tout journaliste pour un magazine spécialisé dans la nature. Une journaliste réputée et très professionnelle. Alors ?

Ils se retirèrent dans la salle d'attente pour discuter, mais l'avocate se présenta avant qu'ils aient eu le temps d'échanger le moindre mot. Macha s'excusa auprès de Leclou, lui proposa de le contacter plus tard, puis disparut dans le bureau de Maître Sarrazin. Deux minutes après, l'avocat du candidat à la présidentielle parut à son tour, et, le visage orné d'un sourire de fonction, pria le policier de le suivre.

A son retour au commissariat, Leclou réfléchissait à cette entrevue avec l'avocat. Mais quel micmac que ces histoires de gens ambitieux ! Plus ils étaient haut placés et plus leurs soucis étaient grands. Et avec ça, c'était encore à la police de mettre à leur service du personnel pour les protéger. Vivement que cette période électorale se termine et qu'on se calme un peu. Ça devenait invivable en ville, avec les manifestations, les agressions, et l'excitation générale. Même au supermarché, hier, quand il faisait ses courses, en civil, le lieutenant avait dû séparer deux hommes qui allaient se taper dessus pour un chariot mal rangé dans l'allée.

Il faut dire que ces élections n'étaient pas anodines. Elles intervenaient deux ans seulement après les précédentes, puisque le Président de la République avait dû démissionner pour cause de grave maladie l'empêchant de remplir ses fonctions. La stupéfaction avait laissé place à l'inquiétude dans le pays, dans ce contexte inhabituel. Qui allait continuer à mener l'économie vers la relance, l'éducation vers des valeurs communes à la majorité, la santé vers une meilleure prise en charge… ? Il y avait tant de problèmes à résoudre. L'absence de « tête » forte déstabilisait et faisait craindre le pire. Il y avait longtemps que le pays n'avait pas été parcouru d'un tel sentiment d'instabilité.

Plongé dans ses pensées, le policier n'entendit pas arriver Fauquet.

— Lieutenant, vous savez, l'accident, ce matin ?
— Rue Lebège ? Oui ?
— Eh bien, grosse surprise ! Le conducteur n'était pas seul dans sa voiture ! Il y avait une femme avec lui !
— Et pourquoi croyait-on qu'il était seul, alors ?
— Parce qu'elle était cachée dans le coffre ! Sous une couverture ! Ils ne l'ont pas vue tout de suite, ils s'occupaient du conducteur.
— Elle est morte ?

— Non, elle est à l'hôpital. Vivante. Mais on ignore son identité.

C'était très surprenant, cette histoire. On ne s'installait pas souvent dans le coffre pour se déplacer en voiture. Il fallait avoir une bonne raison pour cela. Y avait-il une histoire d'enlèvement ? Heureusement, la femme allait pouvoir parler, puisqu'elle était vivante.

— Justement, lieutenant, le capitaine veut que ce soit vous qui alliez l'interroger à l'hôpital.

Leclou n'était pas surpris. Il venait tout juste de mettre la main sur un dangereux meurtrier, et il était *seulement* occupé par quelques affaires de protection et de violences de rue. Il se doutait bien que le capitaine n'allait pas le laisser longtemps sans affaire sérieuse à résoudre. Eh bien, il ne lui restait plus qu'à transmettre aux services de sécurité ses recommandations pour la protection du candidat à l'Elysée, et ensuite, il irait voir cette pauvre dame pour tenter d'en savoir plus sur ce qui s'était passé.

A l'hôpital, la victime se trouvait dans le service neurologique. Leclou passa plusieurs barrages pour arriver jusqu'à elle, car le capitaine avait décidé, au vu des circonstances de l'accident, de faire surveiller l'accès à sa chambre. On n'est jamais trop prudent.

Lorsqu'il entra, il vit une jeune femme étendue sur le lit, ou peut-être n'était-elle pas si jeune, parce que son visage était à moitié dissimulé par une grande compresse enroulée autour de sa tête. Pour le reste, hormis un collier cervical et une attelle au majeur droit, elle ne semblait pas blessée. Il s'approcha doucement, et se présenta. La femme avait les yeux ouverts, et tourna la tête vers lui. Leclou lui demanda si elle allait bien, et si elle avait besoin de quelque chose. Elle ne répondit pas. Il répéta sa question, mais sans plus de succès. Il s'approcha encore et parla un peu plus fort, sur un ton le plus rassurant possible.

— Madame, vous étiez dans le coffre de la voiture, lors de l'accident. Vous avez été choquée, c'est normal. Mais ici, tout le monde va bien s'occuper de vous et vous êtes en sécurité. Que faisiez-vous dans le coffre ? Qui vous y a mise ? Comment vous appelez-vous ?

Pas de réponse, aucune émotion sur le visage de l'inconnue.

Ce tête-à-tête étrange fut interrompu par l'entrée de la médecin dans la chambre.

— Bonjour, Docteur, je suis le lieutenant Leclou.
— Lieutenant, oui, on m'a prévenue de votre visite. Malheureusement, comme je l'ai dit au téléphone, pour l'instant, notre patiente ne pourra pas vous répondre. Il faut la laisser se reposer. Elle a subi plusieurs chocs crâniens, et elle n'est pas en état.

Le policier voulait parler à la femme médecin en privé. Ils sortirent donc dans le couloir, où la malade ne pouvait pas les entendre.

— Qu'est-ce qu'elle a ? Elle ne comprend pas ce qu'on lui dit ?
— J'attends les résultats des examens. Elle a eu un gros choc, il semble qu'elle entende, mais elle ne réagit pas. Elle n'a pas prononcé une parole depuis son arrivée ici. Il n'est pas rare qu'on ait une réaction comme celle-là, après un traumatisme. Ça peut se régler rapidement, mais c'est difficile d'estimer le temps que ça prendra. Nous devons d'abord nous assurer de

l'absence de caillot ou d'hémorragie cérébrale.

— Mais elle n'avait pas ses papiers ? On ne sait pas qui elle est ?

— Non, la police n'a rien trouvé dans la voiture, ni sur elle. Des recherches ont été lancées sur les récentes déclarations de disparitions qui pourraient correspondre au profil de cette femme. On a vérifié s'il ne s'agissait pas d'une étudiante, car le conducteur de la voiture est professeur. Mais personne ne la connaît de ce côté-là.

— Quel âge a-t-elle, d'après vous ?

— Je dirais, pas plus de vingt-cinq.

Leclou quitta l'hôpital un peu déçu. Attendre n'était pas toujours favorable, lorsqu'on avait un mystère à résoudre. Le temps dilue les traces et les indices.

Il décida de se rendre à nouveau rue Lebège, afin de mieux se rendre compte. Puis il se pencherait sur l'identité du conducteur de la voiture et de celui du camion. Ce dernier avait l'avantage d'être vivant et lucide. Interrogé juste après le drame par les agents, il avait déclaré s'être retrouvé nez-à-nez avec la voiture au détour du virage, et admis rouler trop vite et trop à gauche, comme elle. Aucun des deux conducteurs n'était sous l'effet d'une drogue ou d'un taux d'alcoolémie quelconque. D'après le rapport, le chauffeur était très choqué, et se rendait responsable de l’accident. Il n’avait aucune blessure, et on l’avait autorisé à rentrer chez lui, avec l’obligation de voir un psychologue, et de se tenir à la disposition de la police, si besoin. Les torts étaient partagés : chacun des deux conducteurs était en infraction, mais l’un des deux seulement en était mort.

CHAPITRE 2

La rue Lebège était une longue rue qui permettait de joindre à un bout la gare principale de la ville, et à l'autre le bord de l'eau, avec les rives aménagées du fleuve, puis la rocade. Elle comportait deux virages assez secs, et n'était pas très large. Pourtant, elle restait l'une des plus empruntées car, étant éloignée du centre-ville et de ses commerces, elle était tout de même moins encombrée que les grandes avenues bordées de boutiques. C'est la raison pour laquelle les camions légers et fourgons étaient autorisés à y circuler.

Il y avait déjà eu plusieurs accrochages dans ces virages, mais jamais d'accident aussi violent que ce jour-là. Les habitants proches avaient tous entendu, vers les huit heures du matin, un fracas énorme, caractéristique de la tôle écrasée. Un rassemblement s'était fait autour des véhicules accidentés, et l'on avait rapidement vu arriver les secours.

Leclou observa encore une fois la voiture blanche garée sur le côté, et sécurisée par un ruban de signalisation. Elle constituait toujours une pièce à conviction. Il en fit le tour, cherchant un signe, une marque qui pourrait lui indiquer quelque chose de plus que ce que les collègues avaient déjà constaté. Si l'on s'en tenait à leurs relevés, on n'avait aucune trace de la jeune femme ailleurs que dans le coffre : ni sang, ni même le moindre cheveu sur un siège. Cela signifiait qu'elle ne montait probablement pas de façon habituelle comme passagère avec ce conducteur. La voiture appartenait bien à ce dernier, un professeur de sciences, en disponibilité depuis plus de huit mois, domicilié en ville, pas très loin de là. Son casier était vierge, il n'était pas connu des services de police.

Dans la rue, les traces du choc étaient encore visibles, au travers de grosses marques de freinage au sol, au centre de la rue, et de quelques menus débris qui n'avaient pas pu être retirés, car trop petits. Les vitres explosées, les rétroviseurs arrachés, la tôle froissée et fracassée avaient laissé autant de minuscules mais tragiques déchets de verre et de métal tordu. Leclou prit plusieurs photographies de la rue pour les garder en mémoire, des gros plans de quelques éléments au sol, et de la voiture. A présent, il voulait rencontrer le chauffeur du camion. Mais il était déjà près de dix-huit heures, et il avait promis à sa femme, Elsemiek, de rentrer tôt pour aller dîner chez des amis. Il lui avait déjà fait faux bond plusieurs fois ces derniers mois, et il devait tenir parole, s'il ne voulait pas qu'elle se mette réellement en colère. Et puis, une soirée de détente entre amis lui ferait du bien, du moment qu'on ne parlait pas des élections.

Sa femme dormait encore lorsqu'il se leva sans bruit au petit matin pour aller vérifier ses messages. Ceux-ci ne lui apportèrent pas grande satisfaction. La patiente de l'hôpital n'avait toujours pas retrouvé la parole, et aucune disparition récente ne correspondait à son signalement. Cela n'allait pas faciliter la tâche du lieutenant. Du côté du commissariat, Fauquet lui avait envoyé l'adresse du chauffeur routier survivant, qui se trouvait à son domicile, en arrêt de travail.

Après un café et une part de tarte typiquement hollandaise, spécialité d'Elsemiek, Leclou quitta la maison pour se rendre quartier de l'ancienne papeterie. Le chauffeur vivait dans une petite maison de ville mitoyenne, au calme, au fond d'une impasse.

Il était encore tôt, mais il y avait de la lumière et la porte s'ouvrit sur un homme de forte carrure, sans doute un ancien rugbyman à en croire ses oreilles boursouflées et son nez écrasé.

— Monsieur, bonjour, je suis le lieutenant Leclou. Je souhaiterais vous poser quelques questions.

A près de trois-cents kilomètres de là, la jeune journaliste, Macha Daumas, amie de Lucien, arrivait dans le village de Milbès, à l'ouest du pays. Après des recherches acharnées, elle avait pu retrouver la trace de la personne recherchée par le cabinet d'avocats. Il ne s'agissait pas vraiment d'une personne disparue, dans le sens où on l'entend habituellement, mais plutôt d'une femme qui s'était retirée de la ville sans donner d'explications à ses donneurs d'ordres. Or, ceux-ci n'étaient pas du genre à abandonner leurs prestataires de talent. C'étaient tous des employeurs prestigieux, parfumeurs et spécialistes de la beauté, des multinationales présentes sur tous les continents. Inquiets de ne pas avoir de nouvelles, et qu'elle ne réponde pas à leurs sollicitations répétées, ils avaient décidé de se regrouper et de mandater Maître Sarrazin pour la retrouver en toute légalité. Bien sûr, elle était adulte et travaillait en indépendante, et elle avait donc le droit de disparaître de la circulation si elle le voulait, mais ils avaient besoin d'elle. Personne ne l'égalait dans sa spécialité, personne ne pouvait la remplacer. Elle était à l'origine de leurs plus beaux succès commerciaux, des plus belles créations contemporaines. Des merveilles qui se vendaient encore à ce jour partout dans le monde, et rapportaient des centaines de milliers d'euros aux marques, ainsi qu'une renommée et une image de luxe inégalables.

La femme que l'on voulait retrouver était « nez ». Autrement dit, parfumeur-créateur. Mais pas n'importe lequel. C'était elle qui avait mis au point les trois parfums les plus vendus au monde : l'un aux accents de vanille et aux notes sucrées, un autre au caractère corsé et entêtant, et enfin, le phénomène mondial aux profonds accents orientaux. Qu'un seul et unique créateur réussisse à réaliser un triplé comme celui-ci était un véritable exploit et démontrait un talent hors du commun, bien au-delà de la chance. Il s'agissait donc d'une professionnelle exceptionnelle dans son domaine. Après avoir mené des recherches vaines auprès de ceux qui faisaient partie de son entourage connu, que l'on espérait susceptibles d'indiquer où elle se trouvait, les donneurs d'ordres rassemblés pour l'occasion s'étaient tournés vers des instances juridiques. Il s'agissait de connaître les démarches possibles dans une telle situation. Pouvait-on faire appel à la police ? A des détectives privés ? Avait-on le droit d'aller interroger sa famille ? On leur avait conseillé de s'adresser plutôt à un avocat, qui deviendrait leur représentant légal auprès des interlocuteurs sollicités. Maître Sarrazin disposait d'une très bonne réputation dans le milieu, et d'une bonne expérience des affaires de fugues et de « disparitions volontaires ». Elle était par ailleurs très prudente, et rigoureuse, ce qui lui donnait un avantage sur les détectives privés, parfois peu respectueux des lois. C'est elle qui avait pensé à faire appel à Macha. Elle ne la connaissait pas personnellement, mais l'aide d'une journaliste aussi sérieuse lui paraissait, entre autres pistes, intéressante. Et surtout, l'auteur de la rubrique mensuelle « Portraits de notre époque », évoluait dans un domaine très axé sur les plantes, ce qui lui donnait un point commun fort avec la femme recherchée. Macha, qui n'avait pas l'habitude de ce genre de « mission », bien qu'elle ait souvent été amenée à rechercher des gens pour ses articles, avait fini par accepter. La personnalité, le mystère qui régnait autour de la « nez » rendaient la journaliste curieuse. Elle prévoyait bien sûr, si elle parvenait à la retrouver, de faire son portrait pour le magazine.

Cette femme créatrice de parfums s'appelait Clothilde Sandret. Elle vivait dorénavant, d'après les renseignements obtenus par la journaliste, à Milbès. En tout cas, on l'avait vue là-bas, pendant une fête de village qui se déroulait sur la place principale. La personne qui l'avait reconnue, un fameux chef-cuisinier en visite dans sa famille près de là, avait rapporté l'anecdote à l'un de ses amis, un couturier, qui lui-même avait entendu parler de la « disparition » de Madame Sandret, et croisé un indicateur de Macha, à qui il l'avait répété. Voilà comment l'information était venue indirectement jusqu'à elle, grâce à son réseau bien développé.

Macha avait donc décidé de se rendre immédiatement sur place, et sauté dans un train. Si les rumeurs disaient vrai, elle devancerait tous ses concurrents engagés par l'avocate et les donneurs d'ordre. Toutefois, sa mission ne se limitait pas à retrouver la dame, mais aussi à l'approcher, lui parler et la convaincre de la nécessité de renouer contact avec ses anciens employeurs. Elle avait quitté « le monde » depuis près de huit mois déjà, et quelle qu'en soit la raison, la journaliste devrait faire preuve de force de persuasion.

Le train s'arrêta dans la ville la plus proche de sa destination finale, et Macha dut d'abord trouver un taxi qui veuille bien l'emmener jusqu'au village, à plus de soixante kilomètres de là. Pendant le trajet, elle peaufinait dans sa tête, et dans son carnet de notes habituel, tous les arguments qu'elle pourrait avancer devant la dame. Cependant, ne connaissant pas la cause de sa fuite, il était difficile d'imaginer comment la convaincre. Avait-elle été victime d'un ras-le-bol ou d'un surmenage extrêmes, comme on en voit parfois chez les gens très sollicités ? Etait-elle malade ? Avait-elle eu des problèmes personnels, familiaux, reçu un appel à l'aide ? Macha pourrait lui parler de gâchis, de destinée, de postérité, mais elle n'était pas sûre de toucher une corde sensible. Il paraissait que Madame Sandret était quelqu'un de plutôt humble et peu concernée par les honneurs et la gloire.

Comme souvent, il faudrait donc s'adapter et composer avec le personnage. Macha opta finalement pour une entrée en matière ciblée. Elle se présenterait comme une journaliste qui cherche à faire un travail de fond sur le thème des odeurs. Odeurs du quotidien, à la ville, à la campagne, influence des odeurs sur la vie des habitants d'une région, sur le travail, sur les loisirs…etc. Elle broderait. Avec un sujet pareil, si elle parvenait à approcher la « nez », elle devrait pouvoir retenir son attention.

Le village apparut enfin devant elle, légèrement perché sur une sorte de petite colline, au milieu des champs et forêts alentour. Le coin n'était pas si isolé, puisque l'on devinait, d'après quelques panneaux, la présence de plusieurs autres bourgs dans les environs. L'adresse précise de Clothilde Sandret n'était pas connue, mais si Milbès ne comptait bien que quatre-cents habitants, cela ne devait pas poser trop de problème. Le taxi s'éloigna, et Macha se dirigea vers la petite maison d'hôtes dans laquelle elle avait réservé une chambre pour quelques jours. Elle entra et fut accueillie par la propriétaire. Afin de couper court à toute curiosité insatisfaite, elle raconta d'emblée l'histoire qu'elle avait prévu de servir à la « nez ». La propriétaire, une certaine Madame Aline Forais, fit de grands yeux.

— Eh bien, ça n'est pas très commun, c'est le moins qu'on puisse dire. En tout cas, ici, vous allez être servie, question odeurs, parce que nous avons beaucoup de bêtes : vaches, cochons… Alors, vous voyez.

— Je pensais plus aux plantes : fleurs, herbes aromatiques, plantes médicinales…

Madame Forais ne prêtait déjà plus attention à ce que disait sa cliente. Elle avait attrapé la clé de la chambre et l'invitait à la suivre à l'étage.

A peine eut-elle ouvert sa valise et rafraîchi son visage que Macha décida de se rendre au café du village. Aline – l'hôte avait demandé qu'on l'appelle par son prénom-le lui avait recommandé pour le dîner, car elle ne proposait que le repas du petit déjeuner. Elle pourrait manger une soupe et le plat du jour, en général une préparation très simple mais goûteuse, faite avec des produits du coin. La patronne faisait toujours un peu plus lorsqu'elle cuisinait son propre dîner, et offrait ainsi à ceux qui le voulait de partager son repas contre une somme raisonnable. Il n'y avait pas de restaurant à Milbès, il fallait rejoindre la prochaine ville à plus de trente kilomètres de là pour en trouver. En revanche, le village comptait une belle école primaire, une pharmacie, une supérette, et même un magasin d'articles de bricolage assez fourni, commerces qui servaient ainsi tous les villages environnants.

Ce café représentait pour la journaliste une aubaine. Si elle parvenait à se fondre dans le groupe des habitués, elle pourrait sans aucun doute en tirer beaucoup d'informations.

Elle entra dans le bistro, un joli local chaleureux et assez moderne, avec un comptoir de bois clair et lisse recouvert d'un plan noir brillant. Les quelques clients présents se retournèrent pour voir qui arrivait, et restèrent un moment immobiles, devant l'*étrangère*. Certains esquissèrent un léger signe de salut, puis tout le monde replongea le nez dans son verre ou dans son plat. La patronne souhaita la bienvenue à Macha, qui demanda si elle pouvait dîner.

— Bien sûr, mademoiselle. Mettez-vous là, près de la fenêtre. Aujourd'hui, c'est gratin de choux-fleurs et soupe de poireaux. Que des produits locaux de mon potager. Vous êtes descendue chez Aline ?

La journaliste acquiesça. Il semblait bien qu'on ne pouvait pas cacher grand-chose ici, et ça lui allait très bien. C'était même pour cela qu'elle était venue dans le café. La place près de la fenêtre était très agréable. On avait vue sur la rue principale, peu passante à cette heure, et aussi sur l'ensemble des allées et venues dans le troquet. Pour l'instant, Macha pouvait compter huit personnes à l'intérieur, dont deux assez âgées, attablées comme elle. Les autres sirotaient un verre en guise d'apéritif, ou discutaient. Personne qui ressemble à la photographie de Clothilde Sandret, qu'elle avait reçue de Maître Sarrazin. Elle regarda dehors en buvant son verre de vin rouge -un cru très acceptable-, et tendit l'oreille. On parlait peu. De politique, surtout. Il faut dire qu'avec les élections qui approchaient, le sujet devenait omniprésent. La journaliste en savait quelque chose, elle qui entendait commenter l'évènement à longueur de journée dans les bureaux de la rédaction du magazine. Malheureusement, partir loin de la capitale n'y faisait rien, apparemment. Un homme et une femme échangeaient leurs points de vue :

« Je te dis que s'il reste au pouvoir, ça va être la fin de tout ! »

« Mais qu'est-ce que tu crois ? Les autres, ils sont pareils ! Ça changera rien du tout ! Le prix du lait, il ne va pas augmenter, et on sera toujours les derniers à être écoutés, c'est tout ! En revanche, pour augmenter l'essence, l'électricité, ça… »

« Je vous ressers, les amis ? »

La patronne essayait de faire diversion, pour ne pas incommoder les autres clients. On voyait qu'elle avait l'habitude de calmer son monde, et n'hésitait pas à faire de l'humour.

« Demain, je ferai un bon bœuf en sauce ! Qui en sera ? Et celui qui parle le plus fort aura droit à la langue !»

« Tu peux compter sur moi. Allez ! Un dernier, et puis j'y vais. Mais vous verrez que j'ai raison ! »

CHAPITRE 3

Le repas était presque terminé, et Macha n'avait rien remarqué ni entendu de très intéressant. Apparemment, le village était plutôt calme, et seul un problème de bruit causé par des éoliennes, pourtant éloignées de près d'un kilomètre, faisait causer un peu. La patronne s'approcha pour débarrasser.

— Alors ? Il était bon, mon chou-fleur ?
— Très bon, Madame. Merci, c'était parfait.
— Vous êtes ici pour longtemps ?

— Pour quelques jours. Je suis journaliste, je poursuis un travail de recherche sur les odeurs.
— Les odeurs ? Les odeurs de quoi ?
— Les odeurs en général. D'une ville à l'autre, d'une campagne à l'autre, les senteurs, les parfums, sont différents. C'est un domaine auquel on s'intéresse peu en général, mais pourtant, c'est passionnant.
— Peut-être, je ne me rends pas compte.
— Savez-vous si, à Milbès, on pourrait me donner des informations sur le sujet ?
— Je ne vois pas trop, essayez la mairie, ils sauront peut-être vous renseigner. Ou alors, vous pouvez tenter les fermes. Avec les animaux…
— Ce sont plutôt les odeurs végétales, qui m'intéressent.
— Alors, essayez la petite pépinière, à la sortie du village. La dame fait des cultures, peut-être que ça vous donnera des idées.
— Comment elle s'appelle, cette dame ?
— Florence, elle s'appelle Florence. Elle n'est pas là depuis longtemps, et on ne la voit pas beaucoup. Elle est venue manger une fois ou deux, c'est tout. Depuis quelques temps, elle fait des visites privées de ses installations, pour l'école uniquement. Pour les enfants, pour leur apprendre les plantes.

Macha avait espéré un instant qu'il s'agissait de Clothilde Sandret, mais non. Pour cette première approche, elle préférait ne pas poser directement la question : « Y a-t-il une Clothilde Sandret à Milbès ? ». Qui sait si on n'irait pas ensuite prévenir la parfumeuse que quelqu'un de louche la cherchait ? La journaliste était un peu déçue, mais demain, elle s'arrangerait pour rencontrer le plus de gens possible dans le village, afin de récolter un maximum d'indices sur la disparue. Elle se demandait tout de même si ses renseignements indiquant la présence de la parfumeuse dans cet endroit étaient justes. La dame pouvait aussi avoir quitté Milbès entretemps.

La nuit fut douce et longue. Pour une fois, Macha avait envie de paresser un peu avant de partir à la chasse aux informations. Elle descendit assez tard. Aline l'attendait pour le petit déjeuner.

— Alors, comment s'est passée la soirée ? Et la nuit ?
— Très bien, vraiment. Les gens sont sympathiques. Pensez-vous que je puisse facilement avoir des contacts avec des personnes de la mairie ?
— Tout dépend de vos demandes, mais nous avons un maire et des adjoints particulièrement accueillants, ne craignez rien. Le couple de pharmaciens pourra certainement vous renseigner également, ce

sont des spécialistes des plantes. Notre directeur d'école est aussi très actif.

Voilà qui paraissait encourageant, et donnait au moins quelques directions pour commencer. La jeune journaliste se servit donc un bon café et découpa une tranche généreuse de brioche moelleuse, faite du jour. Il fallait prendre des forces.

La mairie était située sur la place centrale, à peine plus large qu'un boulevard. On ne pouvait pas réellement parler d'un bâtiment remarquable, si ce n'était le très grand drapeau qui flottait sur la façade, sans doute pour marquer la période électorale. Macha entra et attendit quelques instants, avant que quelqu'un vienne à sa rencontre.

— Madame ?

— Bonjour, je souhaiterais savoir s'il existe ici un service qui s'occupe de recevoir les journalistes.

— Les journalistes ? Vous allez faire un sujet sur Milbès ?

— Eh bien, c'est surtout un article que je prépare, sur le thème des odeurs, des senteurs, en particulier autour des plantes.

— Ah ? Très original. Il ne s'agit pas des élections ?

— Non, pas du tout.

— Alors, je vous suggère de prendre un rendez-vous avec notre maire. Il est disponible le jeudi, pour les personnes extérieures à la commune. Il est aussi éleveur, par ailleurs.
— Oui, ce serait formidable. Bon, alors, nous pouvons prévoir un entretien après-demain ?

Le rendez-vous étant pris, il n'était pas nécessaire de s'éterniser. Autant se rendre à l'école et essayer de rencontrer le directeur, qui serait peut-être plus disponible.

L'établissement se situait au centre même du village. On devinait la volonté de le mettre en valeur, à tout le travail de décoration et d'aménagement qui avait été fait tout autour : animaux en bois grandeur nature, mosaïques et autres aires de jeux. C'était sûrement pour la mairie et les habitants un objet de fierté, et un lieu important pour toutes les familles.

La journaliste eut de la chance, cette fois. Le directeur était libre et pouvait la recevoir immédiatement. Bien que surpris par le sujet de sa visite, il l'accueillit très cordialement dans son grand bureau. On entendait les cris des enfants dans la cour, c'était l'heure de la récréation.

— Bonjour, Madame. Je n'ai pas bien compris en quoi je pouvais vous être utile. Vous êtes journaliste, c'est ça ?
— C'est bien ça, je travaille sur un article de fond, sur le thème des odeurs. Je voudrais me renseigner sur les plantes que l'on trouve dans votre région, et leurs vertus olfactives.
— Oh, cela semble très pointu. Je ne suis pas botaniste, je ne pourrai pas vous aider beaucoup. Mais nous avons une personne, au village, qui s'y connaît et qui cultive elle-même beaucoup de plantes et de fleurs. Je ne sais pas si elle accepterait de vous répondre.
— Oui, on m'a parlé d'une certaine Florence.
— C'est bien ça. Vous voulez que je l'appelle ? Je vais lui demander si elle peut vous recevoir.

Le directeur composa le numéro et obtint rapidement son interlocutrice. Celle-ci, malheureusement, ne sembla pas avoir envie d'être dérangée. Il mit fin rapidement à la conversation en s'excusant pour le dérangement.

— Je suis désolé, Florence n'a pas le temps de vous recevoir. C'est une personne un peu réservée, vous voyez. Et si vous alliez voir la pharmacie ?

— Oui, j'avais l'intention de le faire, je vous remercie beaucoup de votre aide. Excusez-moi de vous avoir pris du temps, vous êtes très aimable.

En se levant, Macha posa son regard sur un tableau épinglé de multiples photographies, représentant des groupes d'enfants dans diverses activités. Elle sursauta lorsqu'elle crut reconnaître parmi eux, sur plusieurs clichés, la fameuse « nez » !

— Tiens ! Vous avez eu la visite de la parfumeuse Clothilde Sandret ??
— Qui donc ?
— Là, c'est bien Clothilde Sandret, la créatrice de parfums ? Elle est venue ici ?
— Mais non, c'est Florence. La dame que je viens d'appeler, c'est elle.
— Ah ?!... Elle vit ici ?
— Oui, mais comme je vous l'ai dit, elle est très occupée.
— Oui, je comprends tout à fait. Merci, Monsieur.

Il ne s'agissait pas de brusquer le directeur. Macha s'excusa encore et s'éclipsa rapidement.

Voilà qui était très étrange. Elle était certaine d'avoir reconnu la personne qu'elle recherchait. La photographie était assez nette et elle avait pu s'approcher suffisamment près pour être sûre d'elle. Certes, la dame n'était pas vêtue comme sur la photographie fournie par l'avocat, sur laquelle elle portait une veste de costume et un chemisier. Prise au beau milieu d'une dizaine d'enfants, un bouquet de pivoines à la main, elle arborait une simple robe au tissu rayé parme, et des sandales. De plus, ses cheveux étaient lâchés et non pas serrés en queue de cheval. Cependant, c'était bien elle, la journaliste en était presque sûre et habituellement, elle était très forte au jeu de la physionomie.

Mais pourquoi se faire appeler Florence ? Avait-elle souhaité pousser aussi loin l'anonymat, afin qu'on ne puisse pas l'identifier ?

Il fallait en avoir le cœur net. Macha décida de se rendre à la lisière du village, où la dame était censée habiter. Elle parcourut donc quelques dizaines de mètres, pour se retrouver presque au bout, et aperçut d'abord une grande maison, qui paraissait abandonnée. Juste après, se trouvait un mur d'enceinte fait de pierres, qui ne laissait apparaître que le toit d'une autre maison, plus modeste. Pas de nom sur la boîte aux lettres. Impossible de savoir si c'était bien là. Comment allait-elle pouvoir approcher la dame ? Sonner et se présenter, alors qu'elle venait d'essuyer un refus par le biais du directeur, était d'avance voué à un échec certain. Cela paraîtrait même très intrusif.

Il y avait un petit espace vert avec un banc, décalé mais avec une vue suffisante sur l'ouverture de l'enceinte. Macha décida de s'y asseoir un instant. Peut-être que « Florence » allait sortir de chez elle ? En attendant, elle prit discrètement quelques clichés de la façade et de la rue. L'autre maison, la plus proche, ne montrait toujours pas le moindre signe de vie. Heureusement, il y avait peu de passage dans ce coin retiré.

Après environ une demi-heure d'attente, à observer les arbres et les environs, et prendre des photographies de la faune et de la flore locale, elle entendit du bruit. Prestement, elle se glissa derrière un arbuste. Le bruit venait bien de chez la dame. Celle-ci venait de sortir, et ouvrait la porte de bois donnant sur la rue, pour prendre le courrier dans sa boîte. Puis, elle disparut à nouveau derrière son mur. La journaliste la reconnut sans doute possible. C'était Clothilde Sandret.

Macha ne rentra à sa chambre qu'après avoir encore attendu encore deux heures devant la demeure où se trouvait la parfumeuse, faisant mine de prendre des notes ou de téléphoner. Elle avait espéré que celle-ci sortirait faire quelques courses, ou parte en voiture, mais en vain. Elle décida de prendre le temps de réfléchir à la façon de l'aborder, au cas où la dame ne quitterait pas sa maison dans les heures à venir.

Sonner chez elle paraissait impossible, tant cette femme se comportait de façon fuyante. La faire sortir était certainement plus réalisable. Mais comment ?

La journaliste, après s'être rafraîchie, ressortit acheter quelque chose à grignoter à la boulangerie du village. Ils faisaient de très jolis sandwichs, et elle en profita pour demander si la maison abandonnée du bout du village était à vendre.

— Non, je ne crois pas. Le vieux Mondy ne quittera jamais sa maison. Pourquoi ? Vous cherchez quelque chose ? Il y a la maison juste à côté, elle est en location. Elle est occupée pour l'instant, mais il faudrait voir avec le propriétaire.
— Qui est le propriétaire ?
— Je ne peux pas vous le dire, il faudrait que je lui laisse vos coordonnées, si vous voulez.

La grande maison n'était donc pas abandonnée, contrairement aux apparences. En tout cas, les gens ici étaient plutôt méfiants. Mais elle ne prenait pas de risque à se positionner comme étant à la recherche d'un bien, et peut-être que connaître le bailleur de « Florence » lui donnerait des indications sur elle. Elle accepta donc la proposition, et alors qu'elle se retournait pour partir avec son appétissant sandwich au thon, elle se retrouva nez à nez avec la parfumeuse, qui entrait à ce moment-là.

La surprise lui fit presque lâcher son repas, et la laissa sans voix. La dame, elle, adressa un bonjour à la cantonade et sans attendre la réponse, demanda une baguette de seigle. Elle parlait d'un ton détaché, sans inquiétude apparente. Sa voix était ferme et douce à la fois, son attitude tout à fait détendue. Elle n'avait pas l'air de quelqu'un qui a de gros problèmes.

Macha avançait sans pouvoir détourner son regard. Elle manqua de heurter une borne en béton sur le trottoir. Elle se rattrapa pour ne pas tomber. Ce qui l'avait le plus marquée, elle s'en rendit compte quelques secondes après, lorsqu'elle fut hors de vue, c'était le parfum qui suivait le pas de « Florence ». Léger, fleuri, à peine vanillé, délicieux.

Elle s'adossa à un muret afin de ne pas manquer la dame à sa sortie de la boulangerie, et mordit dans le thon-tomate pour se donner une contenance. « Florence » ne lui avait pas adressé le moindre regard, elle ne l'avait certainement même pas remarquée. Elle n'exprimait aucune méfiance. Elle ne se cachait donc pas. Pourquoi, dans ce cas, ne pas se présenter sous son vrai nom ?

Elle parut enfin, sa baguette à la main. Elle regardait par terre, comme absorbée par ses pensées. Elle ne cherchait pas à capter un regard, ni à entrer en contact. Macha eut soudain une idée, il fallait saisir l'occasion. Elle fit quelques pas vers la dame, et lorsqu'elle arriva à sa hauteur, s'adressa à elle le plus naturellement possible.

— Bonjour, Madame. Je vous prie de m'excuser, savez-vous s'il y a un moyen de se rendre en ville, depuis le village ?
— Bonjour. Eh bien, je pense, comme un peu partout, que vous pouvez appeler un taxi. Il n'y a pas de car, si c'est votre question.

Les effluves de son parfum envahissaient les narines de la journaliste. Elle aurait aimé lui demander si elle-même, possédait une voiture, et poursuivre la conversation. Mais « Florence » reprenait déjà sa marche.

— Bon, merci, Madame. Je voudrais aller visiter le musée botanique.

La parfumeuse tourna légèrement la tête, intéressée.

— Vous êtes dans le domaine ?
— Un peu. Je travaille pour un magazine spécialisé, « La Nature ».

— Ah, oui ! Je connais. J'aime beaucoup la rubrique Portraits, de Macha Daumas.

— C'est moi. Je suis Macha.

CHAPITRE 4

— Allo ? Lucien, c'est vous ?
— Macha ? Comment allez-vous ?
— Très bien, je suis désolée de ne pas avoir pu vous contacter plus tôt, je suis en mission pour le journal.
— J'ai bien compris, lorsque je vous ai croisée le mois dernier chez l'avocat, que vous aviez une grosse affaire en vue. Je suis ravi de vous entendre.
— Je ne peux pas vous en dire plus au téléphone, c'est compliqué, mais j'ai retrouvé ma disparue ! C'est une personne qui a souhaité se retirer momentanément

pour des raisons personnelles, et il n'y a donc pas lieu de s'inquiéter.

— Mais où êtes-vous ?

— Dans un petit village qui s'appelle Milbès. Vous connaissez ?

— Non, je n'en ai jamais entendu parler.

— C'est tout petit, en pleine campagne. Nous pourrions nous retrouver quelque part, en ville, à mon retour ?

— Avec plaisir, Macha. Vous me raconterez alors toute cette mystérieuse histoire.

La journaliste et le policier n'avaient pas pour habitude de se donner des rendez-vous en tête-à-tête, et se rencontraient souvent par hasard, au détour d'une enquête ou d'une mission. Parfois, il pouvait se passer un an, voire deux, avant que le hasard les réunisse. Mais c'était toujours un plaisir intense de se revoir. Cette fois encore, il ne serait pas question d'un dîner, ni même d'une promenade à deux, mais sûrement d'un échange en coup de vent, ou tout au plus d'un café partagé au comptoir.

Le lieutenant était enfoncé jusqu'au cou dans l'affaire de l'accident de la rue Lebège. Il venait d'apprendre une nouvelle très contrariante : la jeune femme retrouvée dans le coffre de la voiture blanche, et dont on ignorait toujours l'identité, avait pris le large ! Elle avait passé près de dix jours à l'hôpital à se remettre de ses blessures, certes légères, et surtout à subir toutes sortes d'examens pour savoir pourquoi elle ne retrouvait pas la mémoire ni l'usage de la parole. D'après les médecins neurologues qui la suivaient, elle ne souffrait d'aucun traumatisme grave, et ses « absences » ne trouvaient pas d'explication scientifique. Plusieurs protocoles de soins avaient été mis en place pour tenter de la faire réagir, et dans le même temps, un avis de recherche national avait été lancé auprès des autorités afin de trouver quelqu'un qui pouvait la connaître. Car enfin, elle avait forcément une famille, des amis, des collègues… Mais cela n'avait rien donné à ce jour. L'inconnue restait une énigme, et son ADN ne parlait pas, absent de tous les fichiers disponibles. La police venait tout juste de lever la garde de sa chambre, le capitaine ayant jugé qu'il n'y avait plus de risque. Quelqu'un surveillait-il l'hôpital, et avait-il enlevé la patiente ? Ou bien avait-elle saisi elle-même la première occasion de s'enfuir ? Était-elle partie sur un coup de tête, sans se rendre compte de ce qu'elle faisait ? Les recherches étaient lancées pour la retrouver.

Quant au seul rescapé accessible de l'accident, le chauffeur du camion, il s'était montré particulièrement affecté par le drame, mais incapable de donner la moindre explication. Au repos chez lui, il ne pourrait certainement reprendre la route que dans plusieurs semaines, le temps de retrouver un peu de sérénité.

— Si je dois payer pour mon imprudence et ma conduite dangereuse, je m'acquitterai de ma dette.

Voilà ce qu'il avait affirmé à Leclou, lors de leur entretien. Il ne savait pas, bien sûr, qu'il y avait quelqu'un dans le coffre, et ne connaissait pas le conducteur de la voiture. Le chauffeur était un homme de condition modeste, un travailleur indépendant, propriétaire de son camion, un modèle assez dépassé mais bien entretenu. L'examen du véhicule n'avait pas montré de défaillance mécanique. Il transportait pour le compte des entreprises locales ou des particuliers, selon les demandes, toutes sortes de marchandises dans la région, mais aussi bien au-delà si le jeu en valait la chandelle. Le jour de l'accident, il avait la charge d'une livraison de meubles pour un entrepôt situé en dehors de la ville, et il était pressé.

— J'ai vraiment merdé, lieutenant. J'ai roulé trop vite, je vais le payer cher, plus personne ne voudra me confier de mission. Et cet homme, qui est mort… Il avait une famille ?
— Voyons, Monsieur, calmez-vous, c'est l'enquête qui va déterminer les torts, et ça ne sert à rien de dramatiser. Attendez que

nous ayons fini notre travail, et vous serez fixé.

En sa faveur, son dossier ne mentionnait aucune autre infraction grave de conduite, depuis douze ans qu'il exerçait cette profession, dont trois ans en indépendant. On ne pouvait pas parler d'un chauffard, ni d'une personne irresponsable. Son camion était partiellement écrasé à l'avant, mais il roulait toujours.

Dans son bureau du commissariat, Leclou s'entretenait avec le brigadier Fauquet.

— Nous devons reconstituer les derniers moments du conducteur de la voiture, et ses derniers jours, si possible. Pourquoi était-il en disponibilité de son métier de professeur ? Que faisait-il de ses journées ? Où allait-il lorsque l'accident est survenu ? Le moindre détail peut nous permettre de découvrir quelque chose sur la jeune femme du coffre. Toujours pas de nouvelles ?
— Eh, non, on ne l'a pas retrouvée. On cherche partout en ville. Près de l'hôpital, dans les parcs, dans les halls d'immeubles… On interroge les riverains, les passants, les commerçants… Pour l'instant, pas de résultat et personne ne l'a vue.

— On va la retrouver, elle est partie sans rien. Seulement ses vêtements, ni papiers, ni argent. Il faudra bien qu'elle mange.

L'enquête concernant le conducteur décédé s'imposait. L'homme s'appelait Martin Singh. Il était originaire d'Inde.

Ses proches avaient déjà été interrogés. Tous étaient très choqués, ils ne comprenaient pas ce qui s'était passé. Un accident de voiture en ville ? Il conduisait pourtant très bien, très prudemment. Personne ne savait non plus qui pouvait être cette jeune femme qui se trouvait sous une couverture, dans son coffre. Cela paraissait ahurissant, impossible. Martin n'était pas un malfrat, pas même un petit délinquant. Il était professeur, et très apprécié de ses élèves. Un passionné, qui menait une vie normale, et qui n'aurait pas fait de mal à une mouche.

Leclou demanda à rencontrer les frère et sœur de Martin, qui vivaient en ville. Ils étaient particulièrement affectés, et leurs yeux rougis ne mentaient pas sur leur tristesse profonde.

— Je suis désolé de devoir vous poser encore des questions. Mais pouvez-vous me dire pourquoi Martin avait demandé cette mise en disponibilité ? Avait-il un projet particulier ?

— Il voulait voyager. En particulier chez nous, en Inde. Cela faisait longtemps qu'il n'avait pas pu y retourner plus de quelques jours, à cause de ses obligations professionnelles. Il travaillait beaucoup. En plus de ses cours au lycée, il donnait des leçons particulières, en quantité. Il avait besoin d'argent, pour finir de payer son appartement. C'était presque chose faite, d'ailleurs, et c'est pour ça qu'il avait décidé de s'offrir ce répit d'une année.
— Et il est réellement parti en Inde ?
— Oui, plusieurs fois. D'abord trois mois, puis il est revenu, puis deux mois, puis à nouveau un mois, puis un mois encore. Il devait repartir dans une semaine.
— Savez-vous ce qu'il a fait là-bas ?
— Tout ce qu'il rêvait de faire. Rendre visite à la famille, leur apporter des tas de cadeaux, faire du tourisme, et rapporter des épices, sa passion.
— Il était passionné d'épices ?
— Oui, c'était quelqu'un de très curieux, d'où sa vocation de professeur de sciences. Chez nous, en Inde, on utilise beaucoup de curcuma, de cannelle, de cardamome… et d'autres choses plus fortes, plus pimentées. Martin avait un rêve, il voulait se lancer dans une activité commerciale d'importation d'épices et aromates. Son projet commençait à prendre forme, il avait déjà visité beaucoup de plantations, et pas

seulement en Inde. Il se disait qu'il pouvait mener les deux activités en parallèle, avec son métier de professeur. C'était vraiment un gros travailleur, et ambitieux.
— Il vivait seul ?
— Oui. En tout cas, nous n'avons jamais vu de femme avec lui, …disons, de petite amie. Mon frère était très pudique, et de toute façon, nous ne parlions pas de ça ensemble. S'il avait eu un jour une relation sérieuse, il nous l'aurait présentée.
— Et ses amis ?
— Ce sont principalement des professeurs, comme lui, ou des scientifiques. Il fréquentait aussi beaucoup la bibliothèque de la ville.
— Vous savez où il se rendait, le jour de l'accident ?
— On nous a posé la question, mais nous n'avons pas eu l'occasion de parler à notre frère, ce jour-là. Malheureusement.

Des larmes envahissaient les yeux des deux malheureux en deuil. Leclou tenta d'insister quand même.

— Ce n'était pas le chemin de la bibliothèque, ni celui du lycée.

— Oui, nous ne savons vraiment pas où il pouvait aller. Peut-être chez un ami ? Ou faire des courses ? Aucune idée.

— Il avait un petit sac, avec lui. Le bagage contenait des affaires d'homme, de quoi séjourner deux ou trois nuits à l'extérieur. Son plein d'essence était fait.

— Vraiment ? Alors, il allait peut-être chez quelqu'un. Il faudrait voir dans ses contacts, je ne sais pas qui il connaissait en dehors de la ville. Ou peut-être qu'il n'avait pas encore rangé ce sac depuis son dernier voyage.

— Bon. Dernière question, je crois que votre frère avait l'habitude de garer sa voiture dans le parking de sa résidence ?

— Oui. Parfois, sa place était occupée lorsqu'il arrivait. Certaines personnes ne sont pas très respectueuses des règles. Alors, il se mettait dans la rue, il trouvait toujours un endroit.

— Fermait-il toujours bien la voiture à clé ?

— Martin pouvait parfois être un peu tête en l'air. Il n'y pensait peut-être pas toujours, mais il savait aussi qu'un vieux modèle aussi peu recherché, ça ne risquait pas grand-chose.

Les deux policiers prirent congé, sans parler plus de la jeune femme du coffre. Ces gens avaient besoin de prendre du temps pour accepter la perte de leur proche, ils n'avaient pas de place pour l'instant pour d'autres considérations à propos d'une inconnue, fût-elle victime aussi.

— Allons chez Martin Singh, Fauquet. Je voudrais me rendre compte par moi-même.

Chez le défunt, la police avait condamné l'accès jusqu'à la fin de l'enquête. Personne n'avait donc pu entrer depuis que les agents avaient fait le nécessaire afin de sécuriser l'appartement et de l'isoler des regards.

La première chose que Leclou et Fauquet remarquèrent, c'était le désordre relatif du lieu. Dans la pièce principale, il y avait peu de choses : un canapé, une table basse, un coin bureau avec des papiers éparpillés, et une cuisine sommaire avec une vaisselle propre, encore posée sur l'égouttoir. On voyait bien qu'on avait affaire à quelqu'un qui ne passait pas beaucoup de temps là, au manque de soin apporté à la décoration et au mobilier. Parmi les documents, beaucoup de livres et de fiches de cours, des classeurs et des documents de travail, des factures et papiers administratifs, quelques documents de voyage, et des notes sur les épices, les plantes aromatiques…etc.

Dans la chambre, deux gros sacs de voyage pleins et une petite valise à moitié remplie occupaient tout l'espace libre. Effectivement, comme l'avaient indiqué ses frère et sœur, l'occupant du logement partait ou venait de rentrer de voyage, car tous ses paquetages attestaient de déplacements pour des destinations lointaines. Des cartes, des guides de voyage, et encore quantité de documentations sur les épices étaient empilés dans la valise. Dans le placard, des vêtements ordinaires : chemises, pulls, pantalons… L'absence de brosse à dents et peigne dans la salle de bains confirmait que la trousse de toilette trouvée dans la voiture près du corps était bien celle de Singh. Ils ouvrirent les portes, les tiroirs, déplacèrent quelques meubles.

Ce que cherchaient les deux policiers, des traces de lutte, de séquestration, ou même de sang, n'importe quel indice qui pourrait laisser penser que la jeune femme du coffre avait été enlevée ou retenue par Singh, ils ne le trouvèrent pas. Pas même une seconde tasse, un couvert supplémentaire dans la cuisine, ni aucune marque d'une couchette à même le sol. Pas le moindre cheveu long sur les oreillers, ni dans la salle de bains.

Un peu partout, des souvenirs de voyage étaient posés, sans qu'on ait cherché à les mettre en valeur. Des statuettes, des bouddhas, des petits plats décorés, des boîtes, des cartes postales épinglées au mur… Leclou parcourait du regard toutes ces images plus belles les unes que les autres, colorées, dépaysantes. Lui qui n'avait jamais le temps de prendre ne serait-ce que quelques jours, pour voir du pays. Peut-être devrait-il songer également à prendre un congé sans solde. Ses yeux glissèrent sur une carte routière du territoire national, de celles qui se plient en huit pour vous permettre de la glisser partout. Elle était justement réduite à sa plus petite portion, dévoilant une région située à l'ouest de la capitale. En regardant de plus près, il remarqua un léger trait de crayon autour d'un nom de ville ou de village. *Milbès*. Où avait-il entendu ce nom récemment ? Au commissariat ? A la radio, dans un reportage ?

Macha ! La journaliste avait mentionné ce nom, lorsqu'il lui avait parlé au téléphone ! Comment un si petit village sans la moindre renommée pouvait-il être remarqué deux fois, à quelques heures d'intervalles, chez deux personnes qui n'avaient aucun lien ? A moins qu'un lien, justement, ait échappé au lieutenant.

Sans attendre, il composa le numéro de son amie. Après quatre longues sonneries, sa jolie voix se fit entendre.

— Lucien ?
— Bonjour, Macha. Je suis désolé de vous déranger. Vous êtes toujours à Milbès ?
— Oui ?
— Milbès, dans l'ouest, à quatre heures de la capitale ? Un petit village de quatre-cents habitants ?

— Mais oui, c'est ça, Lucien. Pourquoi ? Qu'est-ce qui vous arrive ?

CHAPITRE 5

La conversation dura quelques minutes, au cours desquelles les deux interlocuteurs tentaient de répondre l'un l'autre à leurs interrogations respectives.

Le lieutenant ne savait pas ce qu'il cherchait, et posait des questions sans fil conducteur, et la journaliste se demandait ce qui pouvait amener son ami, habituellement très pragmatique, à s'intéresser justement au village où elle se trouvait.

— Je n'ai pas vraiment d'élément concret, voyez-vous, Macha. C'est plutôt un faisceau d'indices, qui me fait penser que cet accident sur lequel nous enquêtons n'est pas anodin. D'abord, cette femme que nous avons retrouvée dans la voiture, dans le coffre, et qui a disparu. Ensuite, cette carte routière dans l'appartement du conducteur, avec le nom du village entouré, et le fait qu'il partait peut-être pour plusieurs nuits.

— Mais s'il partait pour Milbès, comme vous semblez le supposer, pourquoi n'aurait-il pas emporté la carte, justement ? Le village n'est pas si facile à trouver, quand on ne connaît pas. Il y a des tas de petites routes, et ce n'est pas très bien indiqué.

— Vous avez raison, je ne sais pas. Il a pu l'oublier.

— En tout cas, il n'y a rien ici de très spécial. La personne que je cherchais est une parfumeuse qui a souhaité s'isoler quelques mois après un burn-out. Je dois la revoir pour parler plantes, j'espère obtenir quelques informations sur ses projets, savoir quand elle pense retourner en ville, quand elle va reprendre contact avec ses donneurs d'ordre… Vous voyez, rien de très extraordinaire. Pour ce qui est des habitants, ils sont tous attachés à leur terre, et inquiets de l'avenir. Les élections les préoccupent beaucoup.

— Pourriez-vous faire quelque chose pour moi, Macha ?

— Bien sûr, Lucien. Si c'est dans mes cordes.

Voilà qui était entendu. Macha apporterait sa pierre à l'enquête du policier, depuis Milbès. Elle le tiendrait au courant dès qu'elle aurait conduit les investigations demandées. En attendant, Leclou pouvait se concentrer sur les recherches qui patinaient dans le vide, concernant la jeune femme du coffre. Le capitaine avait été très clair : il fallait retrouver cette personne, on ne pouvait pas en rester là. Si aucune déclaration de disparition ne semblait la concerner, qu'il soit récent ou non, on allait passer la vitesse supérieure.

Avec Fauquet, ils lancèrent un avis de recherche le jour-même. Ils disposaient pour cela de tous les éléments descriptifs nécessaires, grâce au passage de la disparue à l'hôpital : taille, poids, âge approximatif, portrait, et même tenue vestimentaire puisqu'elle était partie avec les mêmes vêtements que ceux qu'elle portait lorsqu'on l'avait trouvée dans le coffre de la voiture de Singh. Sa blouse de patiente avait été jetée au sol dans un coin de la chambre. D'ailleurs, cela laissait supposer qu'elle n'avait pas été enlevée, sauf si son ravisseur avait pris le temps de s'emparer de sa tenue dans l'armoire de la chambre d'hôpital et de la forcer à s'habiller avant de filer.

Il restait à attendre que quelqu'un se manifeste. On ne peut pas se volatiliser, la jeune femme avait forcément été vue quelque part.

Fauquet et Leclou étaient en train de déjeuner sur le pouce, dans un café de la rue du commissariat, lorsqu'un appel vint perturber leur pause. C'était le service sécurité qui alertait d'une nouvelle série de menaces contre le candidat à la présidentielle. Cette fois-ci, ses adversaires lui promettaient la mort. Une véritable guerre d'intimidation se profilait, qui allait certainement durer et s'aggraver jusqu'au jour du vote. C'était la première fois que les camps s'affrontaient aussi durement et attaquaient la sphère privée d'un aspirant avec autant de violence. Il était nécessaire de renforcer encore la protection rapprochée.

— Vivement qu'elles soient passées, ces élections. Ça devient invivable.
— Vous avez raison, lieutenant.
— Au fait, il était encarté, Martin Singh ?
— Non, j'ai vérifié dans le dossier, lieutenant. Pas de carte de parti, il n'était pas actif politiquement.

De retour au bureau, afin de coordonner les forces de protection rapprochée, Leclou vérifia si on avait des nouvelles de la jeune femme du coffre. Malheureusement, si plusieurs personnes avaient appelé pour affirmer l'avoir croisée à différents endroits du pays, après vérification, aucun de ces témoignages n'était sérieux.

Et s'il se rendait lui-même à Milbès ? Peut-être qu'il découvrirait quelque chose, là-bas.

Il allait appeler sa femme pour la prévenir qu'il s'absentait sans doute pour un ou deux jours, lorsqu'on lui annonça la venue d'un visiteur. Quelqu'un le demandait à l'accueil, il était attendu.

Quelle surprise, c'était Macha !

— Mais… que faites-vous ici ? Vous êtes donc revenue ?
— Je viens d'arriver, Lucien. J'ai pensé qu'avant même de passer chez moi, je devais venir voir si vous étiez là. Depuis votre appel, il s'est passé tellement de choses. J'ai pu tout de même faire ce que vous m'aviez demandé, au sujet de cet homme.
— Venez, allons dans mon bureau. Nous serons mieux installés.

La journaliste venait de faire un long voyage. Elle accepta volontiers un bon verre de jus de fruits rouges, de la réserve spéciale du lieutenant, importée en direct du pays de sa femme. Aux Pays-Bas, le « manger-sain » était depuis longtemps inscrit dans les gènes des natifs, et Leclou avait dû souvent supporter les moqueries de ses collègues du commissariat. Ceux-ci carburaient plutôt aux « jus » corsés et parfois, alcoolisés au-delà du raisonnable.

— Racontez-moi, maintenant. J'ai hâte d'en savoir plus sur vos mystérieuses activités !
— Voilà, Lucien. J'ai été chargée par les avocats de plusieurs sociétés de parfumerie de retrouver l'une des plus grandes créatrices actuelles, et de tenter de connaître ses intentions. Elle a quitté la ville pour prendre du repos loin de l'agitation, après une année très chargée. Elle était, d'après quelques confidences auprès de certains collègues et partenaires, au bord de l'épuisement. Il est vrai qu'elle a mis au point en un temps record un parfum extrêmement complexe pour le compte des laboratoires Daixon, et sa création, commercialisée depuis seulement quelques semaines sous le nom de « Clo », pour Clothilde, connaît un succès fulgurant.
— Mais, je connais ce parfum ! J'en ai acheté un flacon pour ma femme, pour son anniversaire !
— Très bon choix, Lucien. Elsemiek a dû apprécier. J'ai réussi à approcher la parfumeuse là-bas, après quelques difficultés, car elle se fait appeler Florence - sans doute pour être tranquille- et elle est plutôt discrète. Je ne lui ai pas dit que je

savais qui elle est, ni que je la cherchais. Par chance, elle connaît mes rubriques dans le journal La Nature. Cela m'a facilité la tâche. Nous devions nous rendre ensemble au musée botanique de la région, mais lorsque je l'ai appelée pour partir, elle s'est excusée et m'a dit qu'elle devait s'absenter en urgence. Je ne sais pas ce qui s'est passé. Elle avait l'air affolée, ce devait être quelque chose de grave. Ensuite, plus rien. J'ai donc décidé de rentrer moi aussi, en espérant qu'elle revienne en ville. Mais avant de prendre mon train, j'avais rendez-vous avec le Maire du village. Je m'y suis rendue et j'en ai profité pour interroger discrètement plusieurs personnes au sujet de ce Martin Singh, comme vous me l'aviez demandé. Malheureusement, il ne semble pas être connu à Milbès. Je suis désolée de ne pas pouvoir vous aider plus.

— Ce n'est pas grave. Je vous remercie beaucoup d'avoir mené ces recherches. Qu'allez-vous faire, maintenant ?

— Je vais encore courir après ma parfumeuse. Il va me falloir rôder autour de chez elle et trouver un nouveau moyen d'entrer en contact.

— Je vous fais confiance, vous saurez vous y prendre, Macha.

Ils discutèrent encore un peu de tout et de rien, en sirotant un autre jus de fruits. Les moments de détente en si bonne compagnie étaient rares. La jeune journaliste remarqua la photographie de la femme sur l'avis de recherche, imprimé et épinglé au mur du bureau de Leclou.

— C'est cette personne, celle que vous avez trouvée dans le coffre de la voiture accidentée, et qui a ensuite disparu ?
— Oui, c'est elle. Si jamais vous voyez quelqu'un qui lui ressemble…
— Bien sûr, je serai attentive.

Les deux amis devaient se quitter, à regret. Ils n'osèrent ni l'un ni l'autre fixer un autre rendez-vous. Cela aurait introduit une ambiguïté, et ce n'était pas dans leurs habitudes.

Macha se rendit chez elle, afin de se rafraîchir, déposer ses affaires et prendre connaissance des dernières nouvelles du journal. Les considérations électorales étaient toujours au centre des débats, elle était heureuse d'y échapper et de pouvoir se concentrer sur autre chose. Concernant la mission qui lui incombait, elle n'avait pas failli. Elle avait réussi à localiser Clothilde Sandret, elle savait sous quel nom la parfumeuse se dissimulait, et elle supposait aussi que celle-ci faisait face à une nouvelle sans doute très perturbante. Peut-être liée à la raison qui l'avait amenée à tout quitter pour aller s'isoler à la campagne, peut-être pas. Cela restait à découvrir. Une fois prête, une collation prise sur le pouce, la journaliste quitta son appartement douillet. Elle n'avait même pas eu le temps de passer voir la gardienne pour lui dire qu'elle était de retour. Souvent absente de chez elle, Macha la tenait toujours au courant, afin qu'elle lui prenne son courrier. Cela attendrait ce soir, on n'était plus à une journée près.

Le quartier où se trouvait l'appartement de la parfumeuse était ancien et populaire. Pour une personne qui naviguait dans l'univers du luxe, on aurait pu imaginer autre chose. Mais peut-être que les nombreux marchés, les commerces de bouche, les petits restaurants et les magasins de fleurs, l'avaient attirée par les effluves odorants qu'ils dégageaient plus ou moins subtilement. La dame avait le goût des rues animées et de la vie citadine authentique, elle qui devait certainement passer des heures seule devant ses fioles parfumées et ses instruments de mesure. On ne lui connaissait pas de mari ni de compagnon attitré, et c'était peut-être une personne trop indépendante pour cela. Selon Macha, ça n'était en aucun cas un défaut, bien évidemment, mais plutôt un point commun touchant.

Elle décida de s'installer à la terrasse d'un café, avec vue sur l'entrée de l'immeuble de Clothilde. Impossible de savoir pour l'instant si la parfumeuse était chez elle, car au second, son étage, on ne voyait ni fenêtre ouverte, ni lumière. Il fallait attendre et cela, la journaliste en avait l'habitude. Tout le défi consistait à ne pas se laisser distraire ou endormir par les allées et venues incessantes des passants, une discussion trop personnelle à une table voisine, ou même un moineau cherchant à picorer des miettes. Cependant, après deux bonnes heures, Macha dut tout de même se lever pour aller aux toilettes, et lorsqu'elle revint s'asseoir, un je-ne-sais-quoi lui fit penser que Clothilde était peut-être entrée ou sortie justement à ce moment-là. Il n'y avait pourtant pas de raison pour que, pendant les cinq minutes qu'elle s'était accordé, il se soit passé quelque chose. Cependant, elle doutait.

Elle patienta encore quelques secondes, puis, sans réfléchir, se pencha vers la table à sa gauche, où trois jeunes filles s'étaient installées quelques dizaines de minutes auparavant.

— Excusez-moi. J'attends une amie qui habite là, et comme j'ai dû me lever, je l'ai peut-être manquée. Je voulais lui faire une surprise. Vous ne l'auriez pas vue sortir ou entrer ? Elle est grande, avec des cheveux châtains et des lunettes d'écaille.

— Ah, si ! Moi, je l'ai vue. Elle est sortie, il y a cinq minutes.

— Oh ! Merci !

Macha se leva en trombe et fila vers la direction indiquée. Elle en était presque sûre ! Elle venait de la manquer.

En marchant d'un pas rapide, elle mit tout de même un bon quart d'heure à la retrouver. Du moins, sa silhouette, de dos, qui marchait tout droit vers le centre-ville. Un bref mouvement de tête vers la droite, en direction de la vitrine d'un fleuriste, lui permit de la voir de profil et de s'assurer que c'était bien Clothilde. La première chose qui frappa la journaliste, ce fut la tenue de la dame. Bien loin de son apparence lors des dernières rencontres à Milbès et des photographies dans le bureau du directeur de l'école, elle portait un ensemble sombre et uni. Marron foncé, gris anthracite, et noir, à la place des couleurs vives et fleuries habituelles. Voulait-elle passer inaperçue, grâce à ce changement radical qui s'apparentait ici à un déguisement ?

Macha continua à la suivre, quelques pas seulement en arrière. Le parfum subtil de la créatrice formait comme une trace invisible. Il y avait suffisamment de monde dans la rue pour que l'on ne remarque pas la filature. Elles marchèrent ainsi quelques dizaines de mètres, et Clothilde entra ensuite dans une pharmacie. La journaliste hésitait. Devait-elle entrer elle aussi, et faire mine de tomber par hasard sur la dame, entre deux courses ? Ou bien, avait-elle intérêt à seulement la suivre pour l'instant, et attendre une occasion favorable d'entrer en contact avec elle ? Et si elle repartait le jour-même pour Milbès ? Que lui aurait suggéré son ami Lucien Leclou, dans pareille circonstance ? Lui, était un vrai professionnel des filatures, et elle, une vraie journaliste mais seulement une fausse détective.

Elle s'attendait à voir ressortir Clothilde, lorsque son téléphone sonna. Elle décrocha machinalement.

— Allo ?! Macha Daumas ?
— Oui, c'est moi.
— C'est Florence, la botaniste de Milbès.
— Florence !?!
— Oui, vous vous souvenez ? Je voulais m'excuser d'avoir dû vous fausser compagnie comme ça, l'autre jour.
— Oh ! Je… voyons, ce n'est pas grave. Ne vous inquiétez pas, aucun problème.
— Mais si, je voudrais me rattraper, et vous proposer de nous revoir. Nous avons beaucoup de points d'intérêt communs, et comme je vous l'ai dit, je suis absolument fan de votre travail.
— C'est très aimable, vraiment ! Mais je suis rentrée en ville, maintenant, et je ne sais pas si vous êtes loin d'ici.
— Voyons, bien sûr que vous savez !

Et elle apparut sur le palier de la porte de la pharmacie, le téléphone à l’oreille, et les yeux fixés sur son interlocutrice, clouée par la surprise.

CHAPITRE 6

La situation était à la fois cocasse, et très gênante. Macha comprenait qu'elle avait été débusquée, et qu'en prime, Clothilde se moquait d'elle ! C'était de bonne guerre, cependant. Découvrir que l'on est surveillée et suivie, par une personne que l'on pensait honnête et de confiance, c'était sans aucun doute très désagréable. Comment se rattraper ?

Clothilde Sandret s'approcha, sans la quitter des yeux.

— Me voici, je crois que vous m'attendiez ?

— Je suis tellement confuse. Je vous ai suivie, c’est vrai.

— Pourquoi ? Et comment saviez-vous que j’étais chez moi ? Personne ne le sait. Vous connaissez donc mon nom, vous savez que je ne m’appelle pas réellement Florence.

— Je ne savais pas non plus que vous étiez chez vous, je n’étais pas sûre. J’ai tenté, et voilà, vous êtes sortie et j’allais venir à votre rencontre.

— Je vous ai vue par ma fenêtre, assise à cette table du café. Je vous ai reconnue tout de suite. Ça ne pouvait pas être un hasard. J’ai attendu que vous vous leviez pour sortir de chez moi, mais vous m’avez rattrapée. Pour quelle raison me suivez-vous ?

— Je voudrais vous expliquer, mais laissez-moi le temps car vous verrez que j’ai de bonnes raisons. Vous voulez bien ?

Clothilde accepta. Elle était furieuse, mais aussi curieuse d’en savoir plus.

Dans le parc où elles se retirèrent pour parler, l’ambiance était plus calme et propice aux explications. Macha décida d’être prudente car un nouveau mensonge ne manquerait pas de faire définitivement échouer sa mission. Et puis, elle voulait faire ce portrait de « nez », elle y tenait. Jouer la transparence pouvait également mener à la rupture, mais avait-elle le choix ?

— Vos employeurs m'envoient pour connaître vos intentions. Allez-vous reprendre vos activités ?
— Ce sont eux qui vous envoient ? Je me doutais bien qu'ils me chercheraient, mais je n'imaginais pas qu'ils enverraient quelqu'un comme vous. Je suis très déçue, je vous imaginais plus sérieuse. Vous n'auriez pas dû accepter. Je suis libre, je fais ce que je veux. Comment avez-vous fait pour me retrouver à Milbès ?

Effectivement, la déception se lisait sur le visage de la créatrice. Macha aurait pu se sentir blessée par cette remarque, mais depuis le temps qu'elle courait après toutes sortes de personnages pour mieux les connaître, elle avait appris à prendre de la distance. Et puis, la dame avait des raisons de se sentir offusquée. Elle méritait des explications.

— Quelqu'un vous y a vue lors d'une fête de village, et on me l'a rapporté. Je comprends votre réaction. Croyez bien que si la demande qu'on m'a faite avait été formulée avec le moindre soupçon de reproche à votre égard, j'aurais refusé. Mais il ne s'agit pas de ça ! Vous avez pris vos distances sans rien dire à personne. Comprenez que tous ces gens sont dans le doute. Ils comptent sur vous, vous êtes la plus talentueuse dans votre domaine. Ils veulent savoir si votre retrait est définitif. Cela fait déjà plusieurs mois. Voyez plutôt leur démarche comme un signe de grand intérêt. Le monde de la parfumerie ne peut pas se passer de vous.

— Encore une fois, je fais ce que je veux. Je n'ai pas envie qu'on essaie de me convaincre, qu'on perde du temps à me promettre je-ne-sais-quoi, je n'ai pas de temps à perdre.

— Mais, excusez-moi cette indiscrétion : vous arrêtez votre métier ? J'ai du mal à le croire. Votre dernière création, « Clo », rencontre encore un succès immense ! Je viens de le voir en vitrine, chez le parfumeur de la rue…

— Si ce n'était pas vous, Mademoiselle Daumas, il y a longtemps que j'aurais mis fin à cette conversation. Les articles que vous écrivez expriment tant d'humanité et de respect pour vos sujets que je continue à vous croire honnête. Nous devions aller ensemble au musée. Si votre démarche est sincère, comme vous le prétendez, accompagnez-moi demain au jardin des plantes. J'ai des recherches à faire. Nous pourrons parler et mieux nous connaître.

— Des recherches pour votre travail ?

— Vous ne lâchez jamais, n'est-ce pas ? A demain, quinze heures !

La dame en avait terminé, elle planta là Macha et s'éloigna sans un regard. Voilà qui mettait les choses au point, et confirmait, si c'était nécessaire, le caractère affirmé de Clothilde Sandret. Cependant, si elle proposait ce rendez-vous, la journaliste en déduisait qu'elle avait bien l'intention de se confier, ou au moins, de discuter à propos de sa « retraite ». Elle allait peut-être parvenir à ses fins.

Le lendemain, elle était à l'heure au jardin des plantes. Un endroit qu'elle connaissait bien pour y passer régulièrement du temps à se ressourcer, à rechercher des informations ou faire la visite des serres exotiques, pour le plaisir ou pour le travail. En effet, son journal, principalement axé sur la Nature et la défense de l'environnement, lui demandait parfois, en plus de ses célèbres portraits de personnalités, de réaliser des travaux de recherche sur l'évolution des espèces.

Clothilde Sandret arriva quelques minutes plus tard, un sourire retenu aux lèvres. Elle avait quitté sa tenue sombre, et arborait un joli ensemble rosé, ce qui ressemblait tout de même plus à ses habitudes.

Lorsqu'elle vit Macha, elle sembla lire dans ses pensées.

— Bonjour, Mademoiselle Daumas ! Je vois que vous semblez soulagée de me voir plus colorée et pétillante. Mais hier était un jour particulier, car je me rendais à un enterrement. C'est ce qui m'a obligée à quitter Milbès aussi vite. Je suis contente que vous ayez pris sur votre précieux temps pour venir. Surtout malgré ma tentative de vous décourager.
— Oh ! Mes condoléances. Vous avez tenté de me décourager ? Je ne m'en suis pas aperçue. J'ai cru, au contraire, que c'était une invitation à mieux se connaître.
— Vous avez de l'humour. Venez, allons marcher. En cette saison, il y a de véritables trésors à découvrir. Et puis, j'ai grandement besoin de me changer les idées, et je ne connais rien de mieux que les plantes et les arbres pour cela.

Pendant plus d'une heure, elles cheminèrent dans les allées et parmi les bâtiments plus fournis les uns que les autres, profitant d'un temps idéal et d'une fréquentation raisonnable. Clothilde ne tarissait pas de détails techniques et d'explications à propos de chaque variété, chaque spécimen rencontré en chemin. Elle était beaucoup plus calée que la jeune journaliste.

— Celles que j'apprécie particulièrement, ce sont les plantes mal-aimées, justement. Comme les rhododendrons, ou les orties, les ronces… Elles ont des vertus immenses, et dans les mélanges odorants, elles apportent une note d'amertume ou d'acidité très intéressante. C'est ce qui fait toute la différence, vous voyez.

Elle tenait à montrer à Macha, connaisseuse mais beaucoup moins pointue dans les domaines de l'utilisation médicinale et des senteurs, que la richesse des espèces offrait une palette infinie de possibilités.

— Imaginez-vous qu'il y a non seulement des millions de plantes, mais surtout, une infinité de combinaisons possibles. Pour quelqu'un comme moi, c'est le coffre aux trésors ! Allons dans la galerie des herbiers, je veux vous montrer quelque chose.

Macha écoutait, notait, s'intéressait si bien à la visite guidée que la parfumeuse, heureuse d'avoir un auditoire aussi attentif, laissait s'exprimer son enthousiasme. Elle se refermait par moments, sans doute à cause de la funeste circonstance qui l'avait obligée à revenir pour cette cérémonie d'enterrement, mais la vie devait continuer. L'existence de chacun est parsemée de tristes évènements.

Elles arrivèrent dans une immense galerie, à l'entrée surveillée. Lorsque le gardien reconnut la parfumeuse, il lui adressa un grand sourire.

— Bonjour, Madame Sandret. Cela fait plaisir de vous revoir, il y avait longtemps ! Entrez, je vous en prie.
— Merci beaucoup, Monsieur Lino.

La dame était une habituée. Macha, quant à elle, était venue seulement une fois dans cet endroit, préférant les plantes vivantes aux plantes mortes.

— On découvre de véritables trésors, dans les herbiers, vous savez. Des plantes rares, des exotiques, et même certaines qui sont introuvables au naturel, parce qu'elles ont presque disparu de la planète et que leur culture n'est pas rentable !

La visite des herbiers fut une véritable aventure. Les collections s'étendaient sur des dizaines de mètres linéaires, et il fallait avoir l'expertise de quelqu'un comme Clothilde pour s'y retrouver. Macha observait la créatrice, un peu en retrait. Elle ne voulait pas la gêner, l'interrompre dans ses recherches frénétiques, ni freiner ses emballées au moment de tomber enfin sur la perle d'une espèce odorante.

— Reniflez-moi cet extrait, Macha. C'est subtil, n'est-ce pas ? Un mélange d'agrume et de violette, avec une touche de rose... Vous comprenez, c'est comme cela qu'on peut enrichir son imagination. On s'enivre d'abord d'images, pour ensuite partir à la recherche des essences nécessaires à la confection d'un parfum. Mais là, je veux vérifier quelque chose de très important, concernant un spécimen assez ancien.

La journaliste était toujours en observation, elle ne manquait aucun des gestes, aucune des réactions de son « guide ». La recherche et l'analyse du « spécimen » sembla littéralement faire entrer Clothilde en transe. Au bout de plusieurs très longues heures, celle-ci finit par fermer d'un « clac » soudain son grand carnet, sur lequel elle avait noté des tonnes de choses, puis se tourna vers Macha.

— Grâce à vous, j'ai passé un très bon après-midi, ce qui n'était vraiment pas évident pour moi ce matin. Vous êtes très patiente, et très à l'écoute. Des qualités extrêmement rares de nos jours. Je vous admire.
— Voyons, je ne fais que partager avec vous un moment de découverte, c'est moi qui vous remercie pour votre compréhension.
— Je vais vous confier un secret. Venez, la galerie va fermer, il y a un café, dans le parc, allons nous reposer et manger quelque chose.

Assises côte-à-côte devant la table en formica du vieux café, les deux femmes commandèrent du thé et de quoi se restaurer. Il faisait bon et l'ambiance était chaleureuse, on pouvait encore voir quantité de fleurs par les grandes baies vitrées, et quelques promeneurs sur le départ. Macha était suspendue aux lèvres de la dame. Qu'allait-elle donc lui apprendre ? C'était tellement excitant. Il était déjà tard, mais elle sentait que la confiance avait eu le temps de s'installer entre elle et Clothilde, et que celle-ci avait besoin d'une amie, ou au moins, d'une confidente… Les gens les plus brillants sont parfois les plus seuls, absorbés qu'ils sont par une passion dévorante.

Elles se quittèrent deux heures plus tard, alors que la nuit s'était déjà installée et que la ville s'illuminait de tous ses feux. Le « secret » confié par la parfumeuse valait la peine. Macha avait dû promettre absolument de rester discrète à ce sujet, et de n'en parler à personne, au moins jusqu'à ce que Clothilde lui en donne l'autorisation. Elle respecterait bien sûr la promesse faite, dans un pacte tacite.

En attendant, qu'allait-elle raconter à l'avocat des donneurs d'ordres de la créatrice de parfums, et au chef de la rédaction de son journal ? Les deux femmes s'étaient mises d'accord là-dessus : Macha devait dire que Clothilde en avait encore pour environ quatre mois de pause, que c'était nécessaire à son ressourcement, et qu'elle en reviendrait encore plus en forme et avec plein de nouvelles idées. Normalement, cela devrait suffire à les calmer tous jusque-là, et elle serait tranquille. La parfumeuse avait même remercié sa nouvelle amie journaliste de faire passer le message à sa place, ce qui lui évitait d'avoir à expliquer elle-même la situation. Par la même occasion, Macha remplissait ainsi son objectif et ne décevait personne.

Quant au secret confié, il s'agissait de quelque chose de tellement spécial et étonnant qu'elle n'était pas surprise que la dame ait tout laissé tomber pour s'y consacrer pleinement. Qu'allait faire la créatrice, à présent ? Elle souhaitait retourner à Milbès, où elle avait encore beaucoup à faire, disait-elle. Cerise sur le gâteau, elle invitait Macha à venir lui rendre visite sur place. Ainsi, elles pourraient poursuivre leurs échanges. La journaliste était déjà impatiente de faire ce nouveau séjour au village. Son portrait prenait forme dans sa tête, et lorsqu'elle était lancée sur un nouveau sujet, rien ne l'en détournait plus.

Dans son bureau du commissariat, Leclou épluchait avec Fauquet les derniers témoignages des personnes ayant répondu à l'avis de recherche pour la jeune femme disparue. Il y avait chaque jour une bonne trentaine de signalements, et le plus long était de trier parmi ceux-ci d'éventuelles pistes fiables. La plupart était en effet fondés sur des fantasmes de gens peu scrupuleux, qui n'hésitaient pas à affirmer qu'ils avaient formellement reconnu la personne de la photographie. Bien sûr, après quelques questions bien ciblées, on se rendait vite compte qu'il n'en était rien. Mais où cette femme avait-elle pu passer ?

Fauquet avait une idée en tête.

— Lieutenant, et si Martin Singh ne savait pas qu'elle était là, dans son coffre ?
— Vous voulez dire, si elle se cachait dans la voiture de Singh, sans qu'il s'en soit rendu compte ?
— Ou bien, si c'était quelqu'un d'autre, qui l'y avait mise. Je ne sais pas, pour faire accuser Singh d'enlèvement, ou pour une autre

raison, pour se débarrasser d'elle, pour l'écarter momentanément…

— Peut-être, ce n'est pas à négliger. On n'a trouvé aucun lien entre ces deux personnes, alors, c'est possible, Fauquet.

— Et puis, en ce moment, avec toute cette tension, tout le monde est un peu sur les nerfs.

— Il peut y avoir une relation avec la situation politique et les élections, effectivement. En tout cas, on est sûrs que la cause du décès de Singh est bien le choc de l'accident. Les légistes n'ont rien trouvé d'autre : pas de substance dans le sang, pas d'alcool, pas de traces de piqûres, rien. Il est mort par écrasement, sur le coup.

Mais il trottait tout de même dans la tête de Leclou une petite musique qui avait du mal à se calmer. Ce petit air portait le nom de *Milbès*.

Car lorsqu'on regardait sur une carte, le village se trouvait bien sur la trajectoire prise par la voiture blanche : pour se diriger vers la région de Milbès, il fallait remonter la rue Lebège jusqu'à la sortie de la ville par le Nord.

CHAPITRE 7

Fauquet était déjà parti depuis une bonne demi-heure, et Leclou avait encore le nez dans les témoignages du jour, lorsqu'il reçut un appel de l'accueil. Quelqu'un se présentait au commissariat, et disait avoir une précision à apporter concernant l'accident qui avait eu lieu rue Lebège. C'était un habitant de la rue, et il avait fait l'effort de se déplacer jusqu'ici. Le policier se hâta donc de le rejoindre pour savoir ce qu'il avait à dire.

— Bonjour, Monsieur, je suis le lieutenant Leclou, veuillez me suivre.

Un peu impressionné, le monsieur sembla néanmoins ne pas hésiter. Ils s'assirent face-à-face.

— Je vous écoute, Monsieur.
— Voilà. L'autre jour, quand l'accident a eu lieu entre le camion et la voiture blanche, j'étais à la fenêtre. J'ai tout vu.
— Et qu'avez-vous vu ?
— J'ai vu que les deux véhicules se sont foncés dedans.
— Ce n'est pas une information, cela, nous le savons.
— Je veux dire, ils ont fait un écart tous les deux, et ils se sont retrouvés face-à-face au milieu de la rue.
— Vous voulez dire qu'ils l'ont fait exprès ?
— Je ne sais pas. Aucun des deux n'avait son clignotant, ils ne s'apprêtaient pas faire une manœuvre, à cette vitesse ! Ils roulaient vite. Il me semble, mais c'est seulement le lendemain que j'y ai repensé, qu'il y avait quelque chose sur la chaussée, un petit objet, qui a peut-être gêné. L'image m'est reparue soudain à l'esprit, et j'ai cru voir ça.
— Un objet ? Quel objet ?
— Aucune idée de ce dont il s'agissait précisément. J'ai cherché dans la rue, en venant ici, mais je n'ai rien retrouvé. Tout ça m'est revenu plus tard, parce que, sur le coup, j'ai surtout été choqué et je n'en ai

pas eu souvenir Et puis les choses se sont un peu clarifiées dans ma tête. Je me suis d'abord dit que d'autres témoins avaient sûrement déjà parlé de ça, ou bien que ça n'était pas intéressant. Mais ça me trotte là, vous voyez. Je ne sais pas si c'est important. Il y a quand même eu un mort, et puis on dit qu'il y avait une personne dans le coffre, alors…

— C'est TRES important. Essayez de vous souvenir précisément, et de me décrire ce que vous avez vu.

— J'étais penché à la fenêtre, je regardais dans la rue, j'observais les passants. J'ai une vue directe sur le virage, depuis chez moi. Il était huit heures moins deux. Je le sais parce que je pars à huit heures pour le travail, et j'avais fini de me préparer, je terminais mon café. Tout à coup, le camion a surgi, au détour du virage. En une fraction de seconde, c'était arrivé : un énorme bruit s'est détaché dans le brouhaha habituel du matin, la voiture blanche et le camion ne faisaient plus qu'un, le temps s'est suspendu. J'ai entendu des cris, des passants se sont mis à courir, d'autres, à s'approcher, des commerçants sont sortis de leurs boutiques, encore des cris, de l'affolement, des gens sidérés comme moi… J'ai vu des personnes téléphoner, j'ai fait de même, j'ai appelé les secours. Et une minute plus tard, ou deux, la police, puis l'ambulance, sont arrivés.

— Vous n'êtes pas descendu ?

— Non. Il y avait déjà beaucoup de monde en bas. Je ne savais pas quoi faire, je préférais attendre les secours. Mais je suis certain que la voiture et le camion étaient tous les deux au milieu de la route, et après réflexion, je crois que l'objet dont je parlais a gêné et fait dévier la voiture de son trajet, car même si c'est allé très vite, elle a fait un écart juste avant de croiser le camion. En revanche, je ne sais pas ce que lui, faisait au milieu de la route.

— Et le chauffeur ?

— Le chauffeur du camion est descendu assez vite. Il avait l'air affolé, il était agité.

— Qu'a-t-il fait ?

— Il a mis ses mains sur sa tête, il s'est approché de la voiture, puis il s'est éloigné à nouveau. Il n'y avait plus rien à faire pour le conducteur. Les gens le regardaient, ils étaient tous effrayés. Il est resté là, sur la route, il a parlé aux passants, et puis, il a fait comme les autres, il a attendu dans un coin, tétanisé.

— Et ensuite, qu'a-t-il fait lorsque les secours sont arrivés ?

— Il est allé vers eux, il leur a parlé. La police l'a entouré, et ils l'ont accompagné dans leur camionnette. On ne l'a plus revu ensuite. Les pompiers et les ambulanciers ont pris le relais.

— Vous avez de la mémoire. Vous souvenez-vous s'il y avait d'autres voitures, au moment de l'accident ?

— Bien sûr, il y avait de la circulation. A cette heure-ci, c'est assez chargé. Seulement, tout a été bloqué au moment de l'accident.

— Mais juste avant la voiture blanche ?

— Juste avant ? Oui, des voitures sont passées, bien sûr. Il y en avait une, juste devant la voiture accidentée, qui est passée, et qui a disparu dans le virage, quelques secondes avant le choc. Je crois qu'elle était bleue.

Leclou remercia l'homme, et l'encouragea à ne pas hésiter à contacter la police si jamais autre chose lui revenait en mémoire. Il se précipita aussitôt après sur les photographies qu'il avait prises dans la rue, peu après l'accident. Cette histoire d'objet sur la chaussée pouvait avoir son importance.

Voyons. Parmi tous les clichés, il y avait plusieurs gros plans sur la voiture, sur les débris épars, sur les traces marquées au sol par les pneus des deux véhicules, et dans tout ça, est-ce qu'un objet traînait quelque part ? Tiens, là, peut-être. Non, c'est plutôt un morceau de pneu. Et sur cette autre image ? Là, ce petit objet qui est coincé contre le cône de signalisation posé par les secours, cela pourrait être ça. On dirait que c'est souple, ou bien c'est écrasé. Est-ce que le témoin parlait de cette chose-là ?

Malheureusement, la zone avait été nettoyée le matin-même par les services de sécurité de la ville, et l'épave de la voiture blanche enlevée. On pouvait imaginer qu'ils avaient retiré toute trace de l'accident, ainsi que les cônes et ce qui pouvait passer pour des débris. Mais cela valait tout de même la peine d'aller voir.

Sur place, en effet, il n'y avait plus rien qui rappelle le drame, à part les traces imprimées dans le goudron. Pour commencer, Leclou les analysa en détail. D'après leur disposition et leurs caractéristiques, on pouvait surtout voir qu'il s'agissait de traces de freinage sec, surtout de la part de la voiture. De la même manière, l'hypothèse d'un écart important du conducteur était plausible. Impossible cependant, de retrouver le fameux petit objet marron. Ce qui gênait le lieutenant, dans la déclaration du témoin, concernait la circulation ce matin-là. Si d'autres voitures étaient passées aussi, avant celle de Martin Singh, et notamment cette voiture bleue, pourquoi l'objet n'avait-il pas gêné son conducteur ? Un objet sur la chaussée, quel qu'il soit, représente un danger pour les voitures, et selon le témoin, cette voiture bleue, si elle roulait moins vite que Singh, n'avait pas ralenti à cet endroit. Or, l'objet, s'il avait gêné Martin Singh au point qu'il fasse un grand écart et se retrouve au milieu de la route, aurait dû gêner de la même façon tout autre conducteur. A moins qu'il soit tombé de la voiture bleue, précisément. Et dans ce cas, celle-ci serait en partie responsable de la catastrophe.

Mais comment retrouver cette voiture ? Le témoin de la rue Lebège ne se souvenait que de la couleur, et encore, sans certitude. Quant au conducteur du camion, il n'avait jamais mentionné d'objet, qui aurait pu le gêner lui aussi. Leclou décida quand même de retourner le voir, afin d'en avoir confirmation. Il devait toujours se trouver chez lui, en attendant d'être en mesure de reprendre le travail.

Le lieutenant se rendit donc à l'adresse du chauffeur. Occupé à planter des salades dans son petit jardin, il posa sa bêche et fit entrer le policier à l'intérieur pour être plus tranquille. Sa carrure était décidément impressionnante.

— Monsieur, je suis désolé de vous déranger encore, mais j'aurais quelques précisions à vous demander. D'abord, comment allez-vous ?
— Ça va, je reprends un peu le dessus. C'est difficile. Je sais que je vais devoir passer devant le juge, je crains un peu qu'on m'accuse.
— Oui, je comprends. Justement, afin d'éclaircir au mieux cette affaire, pourriez-vous me dire si vous avez le souvenir d'un

objet quelconque, qui se serait trouvé sur la route, le jour de l'accident ?

— Un objet ?

— Oui, quelque chose qui aurait pu faire faire un écart à la voiture qui venait en face de vous ?

— Non, pas de souvenir de quelque chose comme ça.

— Avez-vous vu la voiture faire un écart ?

— Je n'ai rien vu arriver, j'ai tourné dans le virage, et nous nous sommes foncés dedans.

— Juste avant la voiture blanche, avez-vous croisé une autre voiture ?

— J'en ai croisé plusieurs, je crois. Il y avait de la circulation, comme tous les jours de semaine dans cette rue.

— Mais celle qui est passé juste avant la blanche, vous l'avez vue ? Vous vous en souvenez ?

— Non, pas du tout. Je suis désolé, c'est trop loin, et puis, avec le choc... Pourquoi ?

Il était inutile d'insister, le chauffeur n'avait pas remarqué le moindre détail intéressant et il ne se souvenait pas. Leclou le remercia et lui souhaita un bon rétablissement, malgré tout. Il ne devait pas s'inquiéter plus que nécessaire des suites de l'enquête, car s'il conduisait trop vite et trop au milieu de la route, le conducteur de la voiture également. Il ne pouvait donc être accusé de tous les torts. Par ailleurs, le fait qu'il se montre très coopératif jouait en sa faveur.

Alors qu'il allait rentrer chez lui pour retrouver sa femme et s'accorder un peu de repos, le téléphone du policier sonna.

— Lieutenant, c'est Fauquet. Nous venons de recevoir un appel au sujet de la jeune femme du coffre, qui me paraît moins loufoque que les autres. Et la personne habite dans la même rue que Singh.
— Vraiment ? Envoyez-moi toutes les coordonnées par messagerie, s'il vous plaît, Fauquet. J'y vais tout de suite.

Si un voisin de Martin Singh avait vu la jeune femme disparue, c'était peut-être la perspective d'une information fiable, enfin. Leclou était impatient d'en savoir plus.

En effet, l'adresse indiquée par le brigadier se trouvait bien à proximité de chez le défunt, dans une rue perpendiculaire à la sienne, à deux immeubles de distance. Le lieutenant fut reçu par une femme assez distinguée, qui prenait beaucoup de précautions pour ne pas être vue.

— Vous savez, moi, les histoires d'adultères et autres coucheries, je n'ai pas envie d'y être mêlée. Je ne veux pas qu'on sache que j'ai témoigné, je me méfie des voisins, ils ne sont pas tous bien intentionnés. J'ai déjà eu des problèmes.
— Pourquoi pensez-vous qu'il s'agisse d'une histoire d'adultère ?
— Oh ! Eh bien, vous savez, des couples qui essaient de faire croire qu'ils ne sont pas ensemble, et qui se parlent dans les coins sombres, on sait ce que c'est !
— Vous avez vu la femme de l'affiche, celle que nous recherchons ?
— Oui, je l'ai vue.
— Vous êtes sûre que c'était elle ?
— Je suis sûre à quatre-vingts pour cent, parce qu'il faisait sombre.
— C'était le soir ?
— Non, c'était le matin tôt. Le jour de l'accident de la rue Lebège. Un peu plus de sept heures et demie, peut-être sept heures quarante, environ.
— Où se trouvait-elle ? Avec qui ?
— Je descendais acheter du pain, j'adore le pain frais pour le petit déjeuner, et je les ai vus tous les deux, près d'ici, sous un porche.
— Vous pouvez me montrer où, exactement ?
— Bien sûr.

La dame se pencha à la fenêtre pour montrer l'endroit. Effectivement, c'était le porche de l'immeuble de Singh.

— Comment était l'homme ?
— C'est un homme très brun, teint mat, type indien.
— Comment était habillée la jeune femme ?
— Elle portait un pantalon bleu, et une veste ou un blouson blanc.
— Elle avait l'air triste, affolée, heureuse… ?
— Vous m'en demandez beaucoup, je ne saurais pas vous dire.
— Semblaient-ils se connaître ?
— Je dirais oui, car ils n'étaient pas distants comme lorsqu'on demande son chemin ou l'heure qu'il est.
— Est-ce que l'homme paraissait la forcer à le suivre, ou au contraire la repousser, ou autre chose ?
— Non, ni l'un ni l'autre, je crois.
— Est-ce qu'elle pleurait, criait ou faisait la grimace ?
— Je ne pourrais pas vous le dire. Je l'ai reconnue nettement quand j'ai vu l'avis de recherche, car malgré la pénombre, j'étais très près d'eux, mais entre un rire et une grimace, vous savez…

— Et que faisaient-ils ? Vous avez pu voir ?

— Pas vraiment. Mais ils se cachaient, et je crois qu'ils s'embrassaient. Ou bien ils se parlaient de très près. Je n'ai pas l'habitude de fixer les gens que je croise, je les ai vus assez vite.

— Et ensuite ?

— Je ne sais pas, je suis entrée dans la boulangerie. Et quand je suis ressortie, ils n'étaient plus là. Vous ne l'avez pas retrouvée ?

— Non. Vous avez très bien fait d'appeler, Madame. Merci.

Les vêtements décrits correspondaient bien à ceux que portait la jeune femme lorsqu'elle avait été emmenée à l'hôpital, et qui avaient disparu ensuite avec elle. Il s'agissait donc bien de la mystérieuse inconnue du coffre.

Leclou avait espéré que la femme avait été vue tout récemment, c'est-à-dire après sa disparition de l'hôpital, plutôt qu'avant l'accident. Mais c'était déjà mieux que rien, car cela éliminait l'hypothèse de Fauquet. En effet, il y avait peu de chance qu'elle soit montée dans le coffre à l'insu de Singh, puisqu'elle discutait avec lui quelques minutes avant qu'il prenne la route. Donc, il avait dû la forcer.

La piste d'une élève du professeur de science devait être écartée radicalement. Les histoires sentimentales entre professeur et étudiant n'étaient pas rares, et menaient parfois à des drames. Leclou demanda à Fauquet de vérifier encore une fois que personne parmi les étudiants de Singh ou ses élèves des cours particuliers, ne pouvait correspondre à la description de la disparue. Le brigadier devait également faire des vérifications auprès des personnels et habitués des lieux que le défunt avait l'habitude de fréquenter : la bibliothèque, le supermarché où il faisait ses courses, la pharmacie de son quartier…

Maintenant, il était plus que temps de rentrer. Elsemiek avait déjà appelé trois fois pour savoir si elle attendait encore son policier de mari pour dîner, ou si elle se faisait son habituel plateau-télé.

Dès le lendemain matin, au commissariat, le bureau de Leclou respirait l'effervescence des moments de grande tension. Plusieurs incidents avaient eu lieu pendant la nuit, impliquant à la fois des casseurs et des militants, activistes ou autres affiliés, et les actions de surveillance et de répression mises en place devaient encore être renforcées. A ces groupes locaux s'ajoutaient depuis quelques temps des individus venus d'autres régions, qui profitaient du désordre pour sévir, eux aussi. Quelques interpellations avaient été effectuées, qui donneraient peut-être plus de renseignements sur leurs motivations à venir ici manifester leur mécontentement.

Le capitaine Archibald Martin n'avait toutefois pas oublié de relancer son lieutenant sur l'affaire de la « fille du coffre ». Et il fallait se dépêcher d'élucider ce mystère, car la mort du conducteur ne pouvait pas être dissociée de la disparition de cette femme, et l'affaire se trouvait donc en suspens. Une fois seul avec Fauquet, Leclou demanda au brigadier les résultats des dernières investigations.

— Lieutenant, nous n'avons trouvé personne dans l'entourage professionnel ou personnel de Singh, proche ou occasionnel, qui connaissait cette jeune femme.

CHAPITRE 8

Mais quel pouvait donc être le lien entre Singh et la « fille du coffre » ? Qu'est-ce qui peut rapprocher un professeur de sciences passionné d'épices et de voyages en disponibilité, d'une jeune femme anonyme et à priori seule au monde ? Se connaissaient-ils avant ce fameux matin ? Etaient-ils amants ? De quoi pouvaient-ils bien parler sous le porche où ils avaient été vus ensemble ? Et comment la femme s'était-elle ensuite retrouvée dans le coffre ? Où allaient-ils ?

Fauquet disposait également d'autres précisions surprenantes concernant les effets retrouvés dans la voiture du défunt.

— Vous vous souvenez, lieutenant, dans sa trousse de toilette, ce savon qui nous avait paru bizarre ? Ce *pain* marron clair ?
— Oui ? Celui qui ressemblait à un savon de Marseille biscornu ?
— C'est ça. Eh bien, ce n'est pas du savon.
— C'est quoi ?
— Après analyse du labo, c'est de la myrrhe, lieutenant. Vous connaissez ?
— Pas vraiment, non. C'est une plante ?
— Presque. J'ai cherché, je ne connaissais pas non plus. C'est une sorte de résine, qui provient d'un arbre tout tordu et sec, dont la sève suinte sur le tronc. Lorsqu'elle sèche, on peut alors la décoller à la main. Ça fait comme des petits cailloux marron translucide. On peut les agglomérer pour en faire des morceaux plus gros et faciles à manipuler. La myrrhe a beaucoup été utilisée dans l'Antiquité pour ses vertus médicinales, et pour fabriquer des cosmétiques odorants. On en faisait aussi usage lors des cérémonies religieuses. Aujourd'hui, elle se vend encore pour certaines préparations aromatiques ou de soin, surtout pour son effet antiseptique.

C'est une substance précieuse, qui coûte très cher.

— Vraiment ? Je me demande ce que faisait Singh avec une telle quantité dans ses affaires. Sans doute était-ce lié à son activité de négoce d'épices, même si ce n'en est pas une. Cela pourrait signifier qu'il venait de la recevoir, peut-être un échantillon. Le problème, c'est que cette activité commerciale n'était pas encore officielle. Nous aurons du mal à trouver trace d'une commande, d'un bon de livraison ou d'une facture. Et s'il comptait la livrer à quelqu'un ?

— C'est peut-être pour cela qu'il la transportait dans sa trousse de toilette. C'était plus discret. Quant à savoir d'où provient cette résine, pour l'instant, c'est impossible.

Leclou entreprit de chercher dans quels pays on trouvait cette résine précieuse. Elle était récoltée dans plusieurs territoires de l'Afrique du Nord-Est, comme le Yémen, la Somalie, l'Arabie Saoudite, Oman, et d'autres pays arides et désertiques. Singh avait pu la rapporter de l'un de ses voyages, ou l'acheter sur un marché traditionnel. Ou peut-être que c'était cette jeune femme, celle du coffre, qui la lui avait apportée. Elle était de type méditerranéen, avec de longs cheveux noirs. Elle pouvait être l'un de ses fournisseurs, ou encore une intermédiaire, une interprète… Mais on ne transporte pas une partenaire d'affaires dans son coffre, pour livrer une commande, même non déclarée.

Le lieutenant demanda à Fauquet d'effectuer une recherche sur les derniers pays visités par Martin Singh, et aussi sur la voiture bleue, dont le témoin de la rue Lebège avait parlé. Il n'y avait pas de caméra dans la rue au niveau du virage où s'était déroulé l'accident, mais il y en avait plus haut autour de la gare, et aussi dans une rue adjacente, celle du marché. Avec un peu de chance, le véhicule avait pu poursuivre sa route jusque l'un ou l'autre de ces deux points de surveillance, et si l'on pouvait récupérer l'enregistrement du jour du drame, on pourrait peut-être la retrouver. Cela en valait la peine. Toutefois, l'opération allait prendre un certain temps.

Tout à coup, dans l'esprit du policier, les mots s'entrechoquèrent : Milbès, la myrrhe, et tous ces mystères… Si Martin Singh se rendait à Milbès, comme le laissait croire cette carte routière retrouvée chez lui, avec cette résine précieuse, utilisée entre autres pour ses vertus odorantes, n'y avait-il pas là un point commun avec la parfumeuse recherchée et localisée par Macha ? Leclou se demanda si, lorsque son amie avait fait le tour du village pour savoir si quelqu'un connaissait le professeur de sciences décédé, elle avait aussi interrogé la dame « nez ». Peut-être pas, puisque cette dernière devait quitter le village, s'il se souvenait bien. La journaliste avait dit par ailleurs qu'elle était invitée là-bas par la créatrice de parfums, dès son retour.

Il décida sans plus attendre de se rendre à Milbès. Le capitaine exigeait qu'on résolve cette affaire. Cela signifiait qu'il fallait mettre tous les moyens en place pour y parvenir.

Macha était en effet arrivée au village, où Clothilde Sandret, réellement ravie qu'elle ait accepté son invitation, l'accueillit avec beaucoup plus de chaleur que lors de leurs premières entrevues. La créatrice avait revêtu l'une de ces jolies robes fleuries qui lui allaient beaucoup mieux au teint que sa tenue de deuil. Le sourire était là, même si on y lisait toujours la tristesse de la perte récente. La journaliste n'osait pas demander si la personne décédée était quelqu'un de la famille, mais son intuition lui soufflait plutôt la mort d'un ami proche, ou une peine de cœur. Certes, elle savait que Clothilde vivait seule, mais elle pouvait tout de même avoir des aventures. Du moins, il fallait l'espérer.

— Macha ! Je suis très heureuse de pouvoir vous recevoir dans cette maison, car elle est chère à mes yeux.
— C'est une maison de famille ?

— Presque. Elle n'est pas à moi, mais nous y venions mes parents, mes cousins et moi lorsque j'étais petite, pour les vacances.

— Vraiment ? Mais alors, c'est un peu votre village aussi.

— Pas tout à fait. Je n'y avais plus remis les pieds depuis plus de trente ans. Et d'ailleurs, personne ici, ou presque, ne m'a reconnue. J'étais beaucoup trop petite, à l'époque. En prenant le pseudonyme de Florence, je me suis assuré l'anonymat. Cela me permet de joindre l'utile à l'agréable, sans risquer d'être importunée. Du moins, je le croyais, jusqu'à votre arrivée la fois dernière ! Vous avez tout de même réussi à me localiser. Bravo !

— Voyons, je n'en tire pas de fierté, je suis même désolée de vous avoir dérangée. Je devais juste vous faire part des inquiétudes de vos donneurs d'ordre, et tenter d'en savoir plus sur vos intentions les concernant. Maintenant que nous nous sommes mises d'accord, et que je leur ai transmis votre message, je pense que vous serez tranquille.

— Ne vous inquiétez pas, je suis heureuse que cela nous ait permis de faire connaissance.

— Vous avez donc voulu revenir ici pour vous reposer, et pour le projet dont vous m'avez parlé ?

— Oui. Dès que ma décision de me retirer momentanément a été prise, j'ai tout de suite pensé à Milbès, pour cette retraite. Cette maison et les souvenirs que j'y conserve sont venus d'eux-mêmes à mon esprit. Je me suis dit que c'était un signe, et qu'il ne fallait pas chercher plus loin. J'aurais pu aller au bord de la mer, tout en haut d'une montagne, ou à l'autre bout du monde, mais je savais qu'ici, j'aurais tout ce dont j'ai besoin. J'ai contacté le propriétaire de la maison, qui était déjà le même à l'époque, et par chance, il a compris ma démarche et a bien voulu me louer la maison pour une année. Il se souvenait bien de ma famille, et même de moi, petite. Il paraît que je volais des framboises dans son jardin, à l'époque. C'est merveilleux d'être à nouveau ici ! J'ai retrouvé en arrivant tous mes souvenirs d'enfance, les petits coins dans lesquels j'aimais me cacher, jouer avec mes cousins ou avec les chiens des voisins. Et même la chambre dans laquelle nous dormions à trois, après des batailles d'oreillers qui faisaient rager ma mère. Par chance, il y a eu très peu de changements et tout est presque en l'état. C'est spartiate, vous allez voir, mais on est très tranquille, et surtout, il y a un atelier et une immense serre ! Parfait pour mon projet. La maison est à l'abri des curieux, et lorsque je fais visiter la serre aux enfants, nous passons par l'arrière, ce qui évite de traverser toute la propriété. Venez, je vais vous installer dans la chambre *des parents*, vous y serez très bien.

La parfumeuse prit le temps de faire visiter la petite maison à son invitée, ravie de pouvoir entrer aussi intimement dans ses souvenirs d'enfance. Un peu partout, des bouquets variés et colorés étaient savamment disposés, non pas à la manière d'un magasin de fleurs, mais plutôt selon les exigences d'une spécialiste méticuleuse. Chaque bouquet était composé d'une seule espèce, et les couleurs étaient regroupées par ton, ce qui donnait un contraste extrêmement moderne et tranchant avec le reste du style de la demeure. Certains bouquets n'étaient d'ailleurs composés que d'herbes séchées, d'autres de sortes de tiges ou de morceaux d'écorce. Des odeurs de bois et de lichens s'en dégageaient au fil des pièces et des couloirs, à la fois discrets et subtils. Que de richesse et d'originalité dans ces compositions !

Une fois toutes ses affaires déposées dans la chambre, Macha se mit à l'aise elle aussi, et enfila une robe pour s'accorder à son hôte. Elle avait hâte de visiter les installations botaniques qui servaient à mener les recherches nécessaires au *projet secret*.

Une demi-heure plus tard, elle entrait enfin dans l'atelier attenant à la serre, pour y découvrir, sur des paillasses disposées en îlot, tous les tubes, les fioles, les fours, les becs de gaz, les microscopes et les kits de dissection qui composaient l'espace de travail de Clothilde. C'était ici que celle-ci travaillait chaque jour, depuis son arrivée, à la conception d'un nouveau parfum. Mais la création en cours avait ceci de particulier qu'elle était nouvelle …sans l'être.

— Comme je vous l'ai dit lorsque nous nous sommes vues en ville, mon projet est exceptionnel, et j'ai décidé de le mener seule. D'habitude, je reçois les fragrances dont j'ai besoin par le biais des services de mes donneurs d'ordre, et je travaille à l'assemblage dans leurs laboratoires, où j'ai plusieurs assistants à ma disposition. Mais cette fois, j'ai voulu m'impliquer dans la conception du début à la fin. J'ai effectué les recherches des ingrédients, des sources et des fournisseurs, des préparations et des transformations. J'ai mené tous les essais, les mélanges, les compositions, les traitements. Et je termine tout juste les assemblages. J'arrive au but. Je vais bientôt pouvoir tenir dans mes mains LE parfum.
— Vous m'avez expliqué l'origine de cette idée, j'en suis encore toute retournée.

— Et il y a de quoi ! Moi-même, parfois, je me réveille le matin, depuis le début de cette aventure, et je me demande si je rêve ou si je suis bien en train de recréer le parfum du dernier roi du Yaman (pays inventé pour l'histoire, NDLR) !

— C'était vraiment son parfum ?

— En réalité, on ne peut pas être sûrs. Mais en tout cas, il a dû être porté par des membres de la famille royale de l'époque, car il était très précieux et eux seuls pouvaient se le permettre, sans aucun doute. Imaginez, pas moins de trente essences entrent dans sa composition ! Vous comprenez qu'un travail de reconstitution pareil demande une disponibilité exclusive de chaque heure.

En effet, Clothilde s'était lancée dans un pari fou. Elle avait eu accès plusieurs années auparavant, lors d'un voyage de travail à l'étranger, à des documents précis portant sur la fabrication des parfums à l'époque antique des rois du Yaman. Lors de ce séjour, ses interlocuteurs locaux avaient partagé avec elle et ses accompagnateurs leur fierté de posséder et de conserver précieusement ces trésors. Il s'agissait de documentations et d'archives découvertes au cours de recherches archéologiques communes menées par des équipes internationales dans le pays, et accessibles sur demande spéciale. Lorsque la créatrice avait appris plus récemment la découverte d'amphores dans une ancienne fabrique de parfum, qui contenaient encore des résidus suffisamment bien conservés pour être analysés, elle avait eu l'équivalent d'une révélation. Cette trouvaille avait déclenché chez elle un coup de foudre, une envie irrépressible de tenter l'impossible : reconstituer le parfum antique à l'identique.

— Pourquoi ce projet vous tient-il tant à cœur, Clothilde ?
— Parce qu'il est unique ! C'est le projet de ma vie ! Personne n'a jamais tenté ça auparavant, je serai la première, et surtout, j'ai besoin de mener seule une création, au moins une fois. Je travaille toujours sur commande, avec des orientations et des contraintes nombreuses, pour un objectif commercial défini à l'avance, par des financiers et des industriels. Cette fois, je veux maîtriser toutes les étapes, mener tous les essais. Il n'y a que pour l'analyse des résidus, la base du travail, que je m'en suis remise aux travaux d'un très éminent collègue, un ami qui a eu la chance de participer aux travaux de recherches dans l'ancienne parfumerie. Il m'a transmis ses rapports, après avoir acheté les droits d'exploitation au Yaman. Je les lui ai rachetés à mon tour.
— Il sait que vous menez ce projet ?

— Oui, et il est le seul à savoir. Avec vous, Macha. Je compte sur votre discrétion totale, d'autant que je ne suis pas certaine de faire connaître ce travail au grand jour. Peut-être le garderai-je pour moi seule.

— Vraiment ? Oh, mais ce serait tellement dommage ! Une telle curiosité ! Cela pourrait intéresser tant de gens.

— Je ne sais pas encore. Il faut d'abord que je sois sûre de moi. Peut-être pour un musée ? En attendant, voulez-vous m'aider ? Je voudrais cueillir quelques plantes au jardin, pour un dernier test. J'ai un léger doute sur l'une des fragrances, je veux être absolument sûre. Si vous voulez, je vous montrerai comment on extrait l'essence aromatique, et comment on la traite pour obtenir un liquide avec la concentration souhaitée.

— Oh, j'en serais ravie ! C'est passionnant.

— N'est-ce pas ? Venez, nous avons tout ce qu'il nous faut dans la serre.

Macha n'était pas spécialement connaisseuse en matière de procédés chimiques et biologiques, et maniait les instruments avec peu de conviction. Cependant, après quelques heures de formation, elle fut capable de créer sa première essence de violette.

— Bravo, Macha ! Félicitations, vous êtes presque une professionnelle.

Le clou du spectacle fut la présentation par la créatrice de son échantillon de parfum antique recréé. Pour le présenter à la journaliste, elle ouvrit d'abord un placard, dans lequel se trouvait un grand étui rectangulaire rigide. A l'intérieur, plusieurs petites gourdes de verre, toutes remplies de moitié environ d'un liquide brun doré, aux reflets chauds. Les fioles étaient maintenues par un socle de mousse découpé à leurs dimensions.

— Voilà le résultat de près d'une année de travail à temps plein, sept jours sur sept. Dans ces fioles, j'ai opéré de légères variations afin de m'approcher au plus près de l'original, étant donné qu'il n'est pas possible de sentir le parfum royal du Yaman, mais seulement d'en décortiquer les restes. Même si ceux-ci sont admirablement conservés, on peut considérer qu'un doute mineur subsiste sur quelques essences accessoires. Pour un novice, la différence ne se ressentira pas, mais pour un professionnel, c'est décelable. Vous avez donc ici, classées de la plus légère à la plus forte en notes florales, toutes les variations. Notez que je n'ai évidemment utilisé aucune substance de synthèse, comme on le fait de nos jours pour obtenir des odeurs qui n'existent pas dans la nature, ou pour remplacer des produits naturels trop onéreux. Dans l'antiquité, ces substances chimiques n'existaient pas et ne pouvaient donc entrer dans la composition des fragrances. Tout est naturel, en partie cultivé ici, en partie importé de pays du monde entier. Des matières premières de la plus grande qualité, comme la cannelle, la vanille, le citron…

— Merveilleux ! Je vais donc sentir quel parfum portaient les rois du Yaman, il y a plusieurs milliers d'années !

— Exactement. Mais pour que l'expérience soit complète, je vais d'abord vous raconter les odeurs de ce pays, l'ambiance et la chaleur, la sensualité. Lorsque je m'y suis rendue pour y découvrir la culture des senteurs, j'ai pu me rendre compte à quel point l'odorat est important dans ces contrées où le mystique est présent au quotidien. Saviez-vous que le mot « parfum » lui-même provient de « fumée » ? On faisait brûler des essences à l'époque, persuadés que la fumée qui s'en dégageait permettait d'entrer en communion avec les dieux, en les reliant aux hommes. C'est très beau, très poétique. N'est-ce pas ?

CHAPITRE 9

Clothilde avait raison, l'expérience sensorielle qu'elle proposa à Macha fut incroyablement troublante. La journaliste avait bien sûr déjà eu l'occasion de tester des parfums, parmi les plus grands de l'histoire contemporaine. Mais on ne les lui avait jamais présentés de cette façon. L'histoire du Yaman était fortement imprégné de ses odeurs, de sa flore très particulière, adaptée aux terres arides et pauvres, et de sa faune de marsupiaux et de reptiles. Il en résultait des senteurs très marquées, musquées, aux notes minérales. Sans l'histoire qui l'accompagne, et les images choisies avec soin pour illustrer le récit, le test aurait perdu une grande partie de sa profondeur.

C'est seulement vers minuit, dans le silence et sous la voûte céleste, dans le jardin, que Macha put enfin renifler à pleins poumons le liquide sirupeux et ambré. Elle ferma les yeux et laissa son imagination s'envoler au pays du Yaman et de ses mystères sacrés, et se délecta de la chance unique qui lui était offerte. L'odeur envahit ses narines préparées, et lui procura un plaisir intense jusque dans le bout des doigts. Ainsi donc, la royauté du Yaman, cinq mille ans auparavant, se distinguait déjà par cette odeur… En revanche, elle fut incapable de faire la différence entre les nuances délicates des différentes variantes, comme la parfumeuse l'avait prédit.

Au matin, après une nuit de rêves et de merveilles, la journaliste ouvrit les yeux au son de la cloche du village. Le tintement marquait l'heure du réveil général, puis de la mi-journée, et enfin du dîner, comme elle l'avait déjà remarqué lors de son précédent séjour. C'était champêtre et charmant, pour une citadine comme elle. Clothilde était déjà debout, en robe de chambre. Elle faisait du café.

— Bonjour, Macha ! Vous avez bien dormi ?
— Très bien, merci beaucoup. Je vois que vous êtes matinale.
— Ça, c'est l'effet de la campagne. On ne sort pas beaucoup le soir, alors, on se couche tôt

et on se lève aux aurores. Mais l'avantage, c'est qu'on profite pleinement de la journée et de la nature. Je vous sers ?

— Merci, avec plaisir.

— Aujourd'hui, nous allons déjeuner au village, qu'en dites-vous ? Je pense que vous connaissez déjà le café-brasserie ?

— Oui, ce sera parfait.

— N'oubliez pas qu'ici, tout le monde me connaît sous le nom de Florence. Si vous voulez, nous pouvons même faire une petite promenade, tout à l'heure, après le repas, dans les environs. Je prendrai mon panier, il y a toujours tant de fleurs merveilleuses à ramasser, pour en faire des préparations. Mon voisin devait se joindre à nous, j'aurais aimé vous le présenter. Malheureusement, il vient de m'avertir d'un empêchement. Nous le verrons sans doute plus tard.

— Votre voisin est d'ici ?

— Oui, absolument. C'est lui, le propriétaire de cette maison ! C'est à lui que je la loue.

— Ah ! D'accord. Le boulanger m'avait donné le numéro d'une personne à appeler, lorsque je lui avais demandé si la maison d'à côté était disponible. J'imagine donc que c'est le sien. Je croyais la maison vide. Il ne m'a pas donné le nom, il voulait rester discret.

— Oui, le vieux Mondy aime sa tranquillité. Et de toute façon, il ne loue plus sa maison, sauf exception comme ce fut le cas pour moi. C'est trop de travail et de souci pour lui, d'autant plus qu'il est déjà très occupé avec la politique.

— La politique ?

— Eh oui. On ne dirait pas, mais même ici, c'est très important pour les gens. Les prix des productions agricoles, des bêtes, connaissent des variations qui sont liées aux décisions politiques. Tout cela influence directement les éleveurs et les cultivateurs. Mais je vous avoue que c'est bien loin de mes centres d'intérêt. Mondy a ceci de particulier, cependant, qu'il est actif dans plusieurs groupes qui luttent contre les inégalités et les injustices même hors du monde agricole. Si j'ai bien compris, cela va beaucoup plus loin que le village. Mais vous verrez, il vous en parlera sûrement quand vous ferez connaissance.

La matinée se passa de façon très agréable, à nouveau concentrée sur les travaux dans l'atelier et la serre, et la présentation de toute une collection d'essences fabriquées par la créatrice depuis son arrivée à Milbès, à partir des espèces botaniques locales.

— J'ai entrepris de faire macérer plusieurs très belles plantes récoltées aux environs, à différentes saisons. Il faudra au moins trois années pour que ces extraits atteignent leur maturation optimale. Je repartirai ainsi avec, en souvenir, une palette de senteurs du village. Ce sera peut-être, un jour, une base de travail pour un nouveau parfum. Et dans tous les cas, cela représente pour moi un très beau souvenir.

L'heure du déjeuner approchant, elles décidèrent de prendre le chemin du café, en marchant et en papotant tranquillement.

— Je n'y vais pas très souvent. Si j'y mange seule, tout le monde me scrute et essaie de me poser des questions sur ce que je fais, pourquoi je suis là… C'est un peu fatigant. Les gens, ici, ne sont pas habitués à voir de nouvelles têtes s'installer. S'ils savaient que je venais déjà quand j'étais petite ! J'ai reconnu certains d'entre eux, moi.
— Vous ne leur direz pas ?
— Peut-être à la fin de mon séjour, qui ne saurait tarder. Je ne sais pas comment ils vont réagir, j'espère qu'ils ne m'en voudront pas.

Le rôti et ses carottes caramélisées furent rapidement avalés. Pour le dessert, la patronne avait concocté une belle salade de fruits de saison qui passait toute seule.

Au moment où Macha et Clothilde passèrent devant l'école, au sortir du café, le directeur leur fit un petit signe amical de la main. Lorsqu'il reconnut Macha, qu'il croyait partie du village depuis longtemps, il parut très surpris. Ne souhaitant pas s'attarder, elles s'engagèrent sur le sentier qui menait au ruisseau et aux champs remplis de fleurs et de plantes odorantes.

La balade dura trois bonnes heures, pendant lesquelles le temps sembla à Macha comme arrêté. A chaque fois qu'elle avait l'occasion de se retrouver dans un endroit isolé, naturel et en pleine végétation, elle ressentait la même chose. Une grande plénitude, un sentiment de quiétude et de bonheur.

— Lorsque nous arriverons à la maison, nous ferons le tri des plantes, et nous verrons lesquelles pourront être exploitées pour de prochaines créations, et comment les assembler. Qu'en dites-vous ?
— J'en serais enchantée. Et dites-moi, Clothilde, quel est le nom du parfum que vous portez ? Il est merveilleux, mais je ne le connais pas.
— Ah, celui-ci ! Il n'a pas de nom, il est unique. Je l'ai concocté pour moi seule, et

personne d'autre ne le porte. Il n'est pas commercialisé ! C'est un mélange d'essence de cannelle et de fleurs sauvages, avec un soupçon d'agrumes et de réglisse.

— Exquis !

— Merci. Venez, on pourrait même faire une tarte aux fruits et aux fleurs. Je connais une recette très originale. Et nous inviterons le vieux Mondy à venir la déguster avec nous, si cela vous convient.

La parfumeuse se montrait très conviviale, alors qu'elle était habituellement plutôt sauvage, d'après sa réputation. Elle paraissait heureuse d'avoir une invitée qui partageait ses centres d'intérêt.

— Je vais aller déposer mon panier dans l'atelier. Profitez-en pour vous servir quelque chose à boire, Macha. Ensuite, on se met au travail !

La journaliste n'eut pas le temps de verser le liquide dans son verre, elle entendit un cri aigu venant de l'atelier. Sans attendre, elle se précipita, et trouva Clothilde décomposée, le visage dans les mains.

— Que se passe-t-il ? C'est vous qui avez crié ?
— Oui, c'est moi, regardez ! Quelqu'un est entré ici. On m'a volé le parfum !

Elle montrait le placard mural dans lequel l'étui précieux était dissimulé, mais non sécurisé. La parfumeuse n'avait pas jugé nécessaire de verrouiller le meuble, étant donné le grand secret dans lequel le projet avait été mené. Tout était ouvert. A l'intérieur, les fioles et leur support de mousse avaient disparu.

— Elles étaient encore là ce matin, je les ai vues ! Cela veut dire que le voleur est entré pendant notre promenade. Il faut que je voie Mondy.

Clothilde se précipita au-dehors. Son jardin, de ce côté-là, donnait directement sur celui du voisin propriétaire. Mais il ne répondit pas à ses appels, il semblait absent.

— Il n'est pas là. Quelqu'un a peut-être pénétré chez lui, puis s'est glissé chez moi !?
— Mais comment le voleur saurait-il que vous aviez toutes vos préparations prêtes, dans

cet étui, à l'intérieur de ce placard ? Qui pourrait vous épier ?

— Il n'y a que la maison de mon voisin, qui donne de ce côté. Mais le vieux Mondy n'est pas un voleur. Et il ne sait pas sur quoi je travaille. Ça ne peut pas être lui. Je ne comprends pas !

— Et cet homme, ce parfumeur qui vous a vendu les droits d'exploitation ?

— Non, il ne sait même pas que je suis ici !

— Mais il a pu retrouver votre trace, tout comme moi !

— Oh, mon Dieu, c'est terrible.

Clothilde était défaite. Bien sûr, elle détenait toutes les formulations de tous ses essais, et le parfum reconstitué pouvait donc être à nouveau reproduit à l'identique, à condition d'y consacrer à nouveau un temps considérable. Mais si quelqu'un décidait de le commercialiser dès maintenant, en s'attribuant à lui-même la paternité de la création, elle ne pourrait rien faire. A partir des échantillons volés, il était facile de retrouver tous les composants, du moins, pour un professionnel aguerri.

— Comment ai-je pu être aussi négligente ? J'ai manqué à toute prudence, je suis la seule fautive.

Un bruit de porte retentit dans la maison d'à côté. Il y avait quelqu'un chez le vieux Mondy. La parfumeuse sursauta.

— Et si c'était le voleur ? Mon dieu, il ne faut pas qu'il s'en prenne à mon voisin. Allons-y.

Elles se faufilèrent dans le jardin du propriétaire, puis jusqu'à la demeure. Effectivement, des bruits provenaient bien de l'intérieur. Par la fenêtre, elles aperçurent un homme.

— C'est Mondy !

Elles coururent jusqu'à la porte d'entrée, qui était ouverte, et pénétrèrent dans la maison sans frapper. Le vieux monsieur était dans sa cuisine, assis à table. Lorsqu'elle le vit, seul, Clothilde se montra.

— Clothilde !? C'est vous ? Que faites-vous là ?
— J'ai entendu du bruit, j'ai cru que c'était un voleur. Je suis avec mon amie, dont je vous

ai parlé, la journaliste Macha. On m'a cambriolé ! Vous êtes seul ?

— Vraiment ? Quand ? Oui, je suis seul. Je n'ai vu personne. Quand cela s'est-il passé ?

— Ce matin, pendant que nous étions sorties. C'est affreux.

— Que vous a-t-on pris ? On a forcé votre porte ?

— La porte de l'atelier. Seulement des échantillons de travail, mais assez importants.

Mondy ne savait pas sur quoi la parfumeuse travaillait. Mais il était désolé. Extrêmement désolé. Son regard plongea sur le sol carrelé, il était soudain pris d'une profonde affliction.

— C'est peut-être ma faute. Je suis navré.

— Voyons, bien sûr que non. Vous n'êtes pas censé tout surveiller.

— Mais ce n'est pas ça. Je vais vous expliquer.

Au même moment, Leclou arrivait à Milbès après un long trajet en voiture, et quelques détours involontaires. Il avait essayé plusieurs fois de joindre Macha alors qu'il n'était plus qu'à quelques kilomètres, mais sans succès. Dans le message qu'il lui avait laissé, il disait seulement : « Chère Macha, je ne sais pas si vous êtes à nouveau au village, mais si c'est le cas, faites-le moi savoir, j'arrive ! ». N'ayant pas de réponse, il trouva un emplacement pour sa voiture chez Aline Forais, la propriétaire de la chambre d'hôtes, seul hébergement touristique de Milbès, où il réserva une chambre pour deux nuits. L'hôte montra la même curiosité que pour la journaliste quelques jours plus tôt. Elle demanda ce qui lui valait le plaisir de ce séjour chez elle.

— Je suis … chercheur en agroalimentaire. J'ai quelques personnes à rencontrer dans les environs, je me suis dit que je serais plus tranquille dans un joli village comme le vôtre. Je crois que j'ai bien fait, c'est charmant, ici.
— Si je peux vous renseigner, ce sera avec plaisir. Bien que l'agriculture ne soit pas mon métier, je connais beaucoup de fermiers et d'éleveurs, ici. Ah, au fait, si vous voulez aller dîner, je vous conseille le café du village.
— Vous pouvez peut-être me renseigner sur une personne, un professeur de sciences, de type indien, qui fréquente le village. J'ai malheureusement perdu ses coordonnées, mais on m'a dit qu'il venait parfois ici. J'aurais voulu le rencontrer.

— Ça ne me dit rien du tout. Il ne dormait pas chez moi, en tout cas. Vous savez chez qui il séjourne ?
— Non, je crains que non.
— C'est bizarre, il y a une dame, l'autre jour, qui m'a posé un peu le même genre de question. Elle voulait savoir si je connaissais quelqu'un qui s'intéressait aux épices.

C'était sûrement Macha, chargée alors par le lieutenant de se renseigner. Il devrait faire en sorte d'être plus discret s'il ne voulait pas éveiller la curiosité de tout le village.

Enfin seul dans sa chambre, Leclou put commencer à réfléchir à sa stratégie. Il était ici pour tenter de découvrir si la parfumeuse, ou d'autres habitants, avaient des liens avec Martin Singh, ou même avec le commerce d'épices et d'essences odorantes. Apparemment, Madame Forais ne connaissait pas le défunt. Il aurait peut-être plus de chance au café.

Ce n'est que lorsqu'il sortit pour prendre le chemin du petit restaurant que son téléphone sonna. C'était Macha.

— Lucien ? Vous êtes à Milbès ?

La journaliste avait été très surprise par le message laissé quelques heures plus tôt par le policier. Elle ne se doutait pas qu'il déciderait de faire le déplacement, lui aussi. Que venait-il faire par ici ?

CHAPITRE 10

Le lieutenant ne pouvait cependant pas mieux tomber. Un cambriolage venait de se produire, et même si ce n'était pas la spécialité de Leclou, sa présence ne pouvait que rassurer la parfumeuse et son propriétaire. Macha proposa aussitôt à cette dernière de lui présenter son ami policier, qui pourrait sûrement les aider.

— Il vient juste d'arriver ? Quelle chance ! Mais bien sûr, dites-lui de venir dès qu'il le peut. Je ne voudrais pas l'importuner s'il est en mission, mais je reconnais qu'une aide amicale me serait d'un grand réconfort.

Vingt minutes plus tard, son plat du jour à peine avalé, Leclou sonnait à la porte de la créatrice.

Revoir son amie journaliste aussi tôt n'était pas vraiment prévu, mais quel plaisir ! Puisque le destin les mettait de temps en temps sur le même chemin, il n'avait pas à se priver de la retrouver. Et puis, c'était dans le cadre de son enquête, pour la bonne cause. Elle lui présenta Clothilde Sandret, puis le vieux Mondy, qui tenait compagnie aux deux femmes après avoir vérifié soigneusement que rien ne lui avait été dérobé chez lui. Il était toujours dans le même état de désolation, malgré les paroles réconfortantes de Macha.

La parfumeuse prépara un café et fit asseoir tout le monde. Elle se disait heureuse de ne pas avoir à affronter seule cette épreuve.

— C'est inouï ! Ce village est si tranquille ! N'est-ce pas, Mondy ?
— C'est bien pour cela, Clothilde, que je vous dis que c'est à cause d'elle.

« Elle » ? Qui, elle ? Leclou demanda de qui l'on parlait.

— Je vais vous le dire, lieutenant. Je suis le voisin, et je suis aussi le propriétaire de cette maison, que je loue à mon amie. Et je crois que je sais qui a commis le cambriolage.
— Vraiment ? Ah, mais alors, que s'est-il passé ?
— Voilà, comme je l'ai expliqué à Clothilde et Macha, je devais recevoir une personne chez moi, pour quelques jours. Cette femme m'a appelé hier, pour me demander si je pouvais la loger. Je ne la connais pas, mais elle m'a expliqué que je lui avais été recommandé par un ami, et qu'elle avait besoin d'un refuge.
— Un refuge ?
— Oui, je dois vous expliquer que je suis membre de plusieurs associations humanitaires, et militant pour la défense des droits de l'Homme. J'ai donc des contacts dans ce cadre, qui peuvent m'amener à m'engager dans certaines actions, si je juge la cause juste. Dans le cas de cette femme, je n'ai pas eu le temps d'en savoir plus sur elle, puisque je ne l'ai même pas vue !
— Et vous pensez qu'elle a quelque chose à voir avec le cambriolage de votre amie ? Qu'est-ce qui vous amène à le croire ? A quoi ressemblait-elle ?

— Je n’en ai aucune idée, elle devait arriver hier, je l’attendais. Mais la nuit a passé, et elle ne s’est pas présentée. J’imaginais donc qu’elle serait là aujourd’hui. C’est pour cela, Clothilde, que je vous ai dit que je ne pourrais pas vous rejoindre, vous et Macha, ce matin.

— Et qu’est-ce qui vous fait penser que cette personne est entrée chez Clothilde ? Elle n’est peut-être même pas venue, finalement, vous le concédez vous-même.

— Parce que nous sommes dans un village très sûr, où tout le monde se connaît, et où les cambriolages n’existent pas. Comment expliqueriez-vous la coïncidence ? Et aussi parce que, pour accéder au jardin et à l’atelier de Clothilde, il n’y a qu’une solution : passer par mon jardin. Or, j’avais donné mon adresse et indiqué que mon portillon serait ouvert pour que cette personne puisse facilement et discrètement entrer chez moi sans qu’on la remarque.

— Quel est l’objet du larcin, Madame Sandret ?

— Des essais sur un parfum que j’ai mis au point ici, depuis que je suis installée, ces derniers mois. Un projet qui me tenait particulièrement à cœur, et qui représente un nombre d’heures de travail énorme. J’ai toujours la formule, bien sûr, mais le fait qu’on m’ait volé mes essais est extrêmement contrariant. Que va-t-on en faire ? C'était un projet confidentiel, et très important pour moi. Je ne souhaitais pas en divulguer l'existence pour l'instant. Peut-être même jamais. Et voilà, il est quelque part dans la nature, à présent.

— Cela représente-t-il une valeur marchande importante ?

— Pas vraiment, car il ne s'agit que de quelques fioles, et encore faut-il être en mesure de prouver ce que cela représente. Mais le fait même que je ne sois plus la seule détentrice me fait perdre l'avantage sur la valeur que j'aurais pu lui donner.

— Je comprends. Pourquoi pensez-vous qu'on ait voulu vous voler ces essais ? Et qui aurait pu faire ça ? Je peux voir le lieu où cela s'est produit ?

Clothilde conduisit le lieutenant dans l'atelier, en passant par la serre, pendant que Macha et Mondy restaient dans le salon.

La parfumeuse en profita pour se confier un peu plus au policier.

— Je dois vous dire que ce projet est vraiment particulier pour moi. Je n'en ai parlé qu'à deux personnes seulement : Macha, et un collègue parfumeur de renom auquel j'ai racheté les droits d'exploitation. Il s'agit de mon ami Dexter Feldman.

Elle expliqua sommairement son projet, tout en montrant à Leclou ses installations. Le laboratoire, les cultures, semblaient passionnants et le lieutenant comprenait l'enjeu personnel que représentait ce projet pour la créatrice. C'était le clou de son travail, un peu son bébé.

Puis ils firent le détail des dégâts. La porte de l'atelier avait été forcée. Peu solide, le verrou avait sauté, sans doute d'un simple coup d'épaule. Pouvait-il avoir été donné par une femme ? Peut-être. Il y avait beaucoup de traces de pas. Clothilde indiqua qu'elle allait et venait sans cesse dans cette zone, que Macha était passée aussi, et même une multitude de gamins de l'école venus visiter la serre encore récemment. Quant aux empreintes digitales, c'était un peu la même histoire. Les enfants, les visiteurs, posaient leurs mains partout. Leclou demanderait tout de même qu'on fasse des relevés.

— Comment le voleur a-t-il su que vous aviez rangé ces pipettes dans cet étui, puis dans ce placard ? Qui savait ?
— Encore une fois, personne, sauf Macha à qui je venais de les montrer la veille, et qui était

avec moi en promenade. J'ai terminé la mise au point de ces essais il y a trois jours, je les ai placés à cet endroit avant-hier soir. Je devais ensuite les mettre en lieu sûr, je n'aurais pas dû attendre.

— Y a-t-il d'autres choses qui ont été déplacées, par ici ?

— Je ne crois pas. Rien de remarquable, et pas de casse, pas un seul pot de fleurs.

— Bon. Je vais voir tout ça avec la police locale. J'aurais une autre question à vous poser.

— Oui ?

— Vous savez ce que c'est que ça ?

Leclou, qui ne perdait pas de vue l'objectif de sa venue, montrait le pain de myrrhe, sorti de sa poche après avoir été « emprunté » au bureau des pièces à conviction du commissariat. A la présentation de l'objet, contrairement à la patronne du café, qui avait ouvert de grands yeux étonnés et cru reconnaître un savon mal taillé, Clothilde répondit sans hésitation.

— Absolument, c'est de la myrrhe. Exactement comme celle dont je me sers pour fabriquer mon parfum ! J'en avais commandé à mon fournisseur, justement. Une bonne quantité, comme celle-ci. Mais c'est tragique, il a eu un accident et il est mort brutalement. Je viens de me rendre à son enterrement.

— Vous parlez de Martin Singh ?

— Mais oui ! Vous le connaissiez ?

Une tête apparut dans l'embrasure de la porte. C'était Macha, qui venait aux nouvelles.

— Nous nous inquiétons, à côté ! Que faites-vous ? Vous avez découvert quelque chose ?

— Pour l'instant, nous en sommes aux indices, et aux coïncidences. Je voudrais aussi discuter avec le voisin.

Le vieux Mondy était toujours là. Leclou lui demanda de lui dire exactement tout ce qu'il avait fait depuis l'appel de la femme qui devait venir chez lui. Pouvait-il lui répéter ses mots exacts, lors de leur échange ? Quel genre de voix avait-elle ? Avait-il remarqué quelque chose de particulier ?

— Elle parlait anglais avec un accent prononcé. Je pense qu'il s'agit d'une étrangère, mais je ne sais pas du tout de quelle nationalité. Je comptais lui demander tout cela lorsqu'elle serait ici. Lorsqu'on pose trop de questions à des gens en fuite, ils renoncent à accepter de l’aide, car ils se méfient. Elle m’a simplement dit : « Un ami m’a dit de m’adresser à vous, j’ai besoin d’un refuge, c’est très urgent. » Je lui ai répondu que je pouvais m’arranger pour quelques jours, et je lui ai donné l’adresse. Elle m’a dit : « Je vais essayer d’arriver ce soir, si je peux. »

— Savez-vous de quel « ami » elle parlait ?

— Non. Parfois, ces gens ont eu mon nom et mes coordonnées par des circuits indirects. Comme je vous l’ai dit, j’appartiens à plusieurs organisations au rayon d’action plus ou moins étendu. Peut-être le saurai-je dans quelque temps.

— Je vais vous demander de me transmettre les coordonnées de toutes ces associations, s’il vous plaît, ainsi que les noms des responsables.

Quelques dizaines de minutes plus tard, alors que le voisin avait regagné sa maison, et que Clothilde préparait le dîner, Lucien et Macha se retrouvaient tous deux devant un verre de vin, sur la terrasse.

— Votre amie parfumeuse m’a parlé de son projet personnel, ce parfum antique. Cela semble passionnant.

— Oui, c'est absolument incroyable. Reconstituer une fragrance si ancienne, à partir de documents et de restes de l'époque, quel défi ! J'ai eu le bonheur de sentir ce parfum, juste avant qu'il ne soit dérobé. C'est un travail immense et précieux qui a été volé.

— Connaissez-vous ce pays, le Yaman, d'où proviennent les restes du parfum ?

— J'avais déjà eu l'occasion de faire un travail de recherche sur ce territoire, tout proche de l'Egypte, qui est la civilisation d'origine des premières essences odorantes destinées à être portées sur soi. C'est un petit pays, mais qui dispose de certaines richesses naturelles, notamment dans le domaine botanique. Le sol contient des minéraux spécifiques, qui permettent à des espèces de plantes rares de se développer dans de bonnes conditions.

— Pensez-vous qu'il pourrait y pousser des arbres à myrrhe ?

— Des arbres à myrrhe ? Je ne sais pas, je vais vérifier sur mon dossier si vous voulez.

— Je veux bien. Par ailleurs, ce pays n'est pas un modèle d'égalité, je crois.

— Non, pas selon nos références. Beaucoup de corruption, qui gangrène tout le système.

Durant le repas, Clothilde et Lucien poursuivirent leur conversation interrompue plus tôt par Macha.

— Vous pensez que vous allez pouvoir retrouver le voleur ?
— Je crois que ce ne sera pas facile. Connaissiez-vous bien Martin Singh ?
— Disons que … non, pas très bien. Nous nous sommes rencontrés il y a environ un an en ville, à la bibliothèque qu'il fréquentait beaucoup, tout comme moi. Il était professeur. Un jour, nous avons été amenés à demander le même ouvrage sur les épices issues d'oléagineux. Ça a été le début de notre relation autour de notre passion commune. Il connaissait beaucoup de choses sur les origines et les usages des épices et des aromates. Il comptait en faire une activité commerciale.
— Et il vous a proposé de vous fournir ?
— Non, pas tout de suite. Nous avons juste échangé des informations, des idées. C'était très professionnel, mais lui n'avait pas encore monté sa structure, et ne vendait donc pas officiellement. Nous nous sommes recroisés plusieurs fois, je lui ai parlé de la myrrhe, en lui demandant s'il connaissait des fournisseurs, car j'avais du mal à en trouver de bonne qualité et je tenais à commencer mes essais avec les meilleurs

ingrédients. Il ne m'a rien promis, car ce n'était pas vraiment son champ d'études. La myrrhe n'est pas une épice. Mais il a fait des recherches de son côté, puis un jour, il m'a appelée et m'a confirmé qu'il avait trouvé un revendeur, mais qu'il comptait remonter à la source à l'occasion d'un voyage prochain. Mais dites-moi, lieutenant, est-ce que ce pain de myrrhe, que vous m'avez montré, était à Martin ? Est-ce chez lui que vous l'avez retrouvé ?

— Nous l'avons trouvé dans sa voiture. Et je pense effectivement que cette myrrhe vous était destinée. Je suis vraiment désolé de vous imposer ces détails. Vous savez dans quel pays, ce voyage ?

— Martin était d'origine indienne. Il comptait retourner quelques semaines dans son pays, puis faire des séjours au Pakistan, en Iran, en Arabie Saoudite… Mais je ne sais pas où il comptait trouver la myrrhe, je ne lui ai pas demandé, ce sont les secrets de la profession.

— Et quand devait-il vous l'apporter ?

— Il m'en a apporté une première fois, en petite quantité, juste assez pour mes essais. Elle était effectivement d'une qualité fabuleuse, et je lui ai demandé s'il pouvait en avoir plus. Il devait venir ici me la livrer. Mais voilà, c'est horrible, il est mort dans cet accident !

Les larmes montèrent aux yeux de Clothilde. Macha regarda Lucien. Pensait-il la même chose qu'elle ? Si elle en croyait son intuition de femme, elle aurait juré qu'il y avait quelque chose d'intime entre Singh et la parfumeuse. Plus que celle-ci ne voulait bien l'avouer.

CHAPITRE 11

Après quelques secondes pendant lesquelles on n'entendit qu'un silence un peu lourd, le lieutenant reprit.

— Madame Sandret, je suis conscient que c'est difficile, et peut-être confus. Justement, il y a des éclaircissements à apporter sur cette histoire. Pourriez-vous me dire si vous connaissiez des intimes de Martin Singh ? Des membres de la famille, des amis ?
— Aucun, non. Nous n'avons pas vraiment eu le temps, et n'étions pas assez proches pour

cela. D'autant plus que nous ne nous sommes vus qu'une seule fois depuis que je suis ici, à Milbès.

— Et comment avez-vous su, pour son décès ?

— Par hasard, dans le journal, j'ai vu la photographie de l'accident. J'étais à la boulangerie, le patron a parlé de ça avec un client devant moi, il a ouvert son journal et il y avait un article. J'ai reconnu la voiture tout de suite, un modèle dépassé, peu commun, en blanc. Je me suis renseignée, c'était bien lui. J'ai eu un choc.

— Il était déjà venu ici ?

— Oui, pour m'apporter la première livraison de myrrhe, comme je vous l'ai dit. Il a même rencontré Mondy, à cette occasion. Ils ont un peu discuté, tous les deux. Pourquoi ces questions ?

— Parce qu'il n'était pas seul dans la voiture, lors de l'accident. Vous n'avez pas vu les avis de recherche ? La femme qui a disparu se trouvait dans le coffre de Martin Singh, lorsqu'il a été percuté par le camion.

— ?!!

La parfumeuse était sidérée. Qu'est-ce que c'était que cette histoire ? Singh n'était pas un criminel, il n'était pas du genre à enlever des femmes, c'était quelqu'un de bien. Elle-même était montée dans sa voiture une fois ou deux, lorsqu'il lui avait proposé de la ramener chez elle après une matinée à la bibliothèque. Il se conduisait toujours en gentleman, tenait la portière, prenait mille précautions pour ne pas créer de gêne, et il était très doux. Oui, elle avait bien vu l'avis de recherche, placardé sur la vitrine du café, et aussi en ville lors de son dernier et court séjour, mais jamais elle n'aurait pu imaginer qu'il y avait un rapport avec son *fournisseur*.

Clothilde se tut d'un coup. Pour quelqu'un qui ne connaissait pas bien le défunt, elle paraissait le défendre un peu trop et s'en rendit compte.

Macha comprit ce à quoi songeait son ami policier depuis un petit moment.

— Vous pensez que notre voleuse, cela pourrait être la « fille du coffre », Lucien ?
— Je pense que oui, c'est une hypothèse. Et si elle est seule et qu'elle doit se cacher, c'est qu'elle est en fuite, et donc coupable de quelque chose. A moins qu'elle ait peur.
— Mais pourquoi aurait-elle volé le parfum ?
— Cela, je ne le sais pas. Peut-être a-t-elle pensé qu'elle pourrait en tirer de l'argent, dont elle doit avoir besoin. Il faut la retrouver. Mais avant, je voudrais vous demander encore quelque chose, Madame Sandret.
— Appelez-moi Clothilde, je vous en prie.

— Clothilde, cet homme, votre ami parfumeur, celui qui vous a vendu les droits d'exploitation, vous l'avez vu récemment ?
— Dexter ? Non, pas récemment. Il voyage beaucoup, et nous nous parlons de temps en temps au téléphone. Habituellement, nous avons l'occasion de nous rencontrer régulièrement pour le travail ou pour échanger sur nos projets respectifs. Nous avons même créé un parfum ensemble pour la célèbre maison Musei ! Mais depuis que je suis à Milbès, nous n'avons pas pu nous voir. C'est une connaissance de longue date, il est très réputé dans le métier. Je crois qu'il est actuellement à New-York. Il ne sait même pas que je suis ici.
— Vous pourriez l'appeler, maintenant ?
— Maintenant ? Voyons, avec le décalage horaire, c'est le petit matin là-bas. Je peux essayer, je sais que Dexter se lève tôt pour aller courir. Mais pourquoi l'appeler, que voulez-vous que je lui dise ?
— Pour vérifier qu'il est bien là-bas, par exemple. Et entendre sa réaction si vous lui dites que vous vous êtes fait voler le résultat de vos recherches.
— Il est exact qu'il connaît mon projet, mais j'ai l'impression que vous le suspectez ! C'est impossible, il est loin, et pourquoi aurait-il fait ça ? Dexter est un ami.
— Je ne sais pas, je veux simplement vérifier.

— Bon, si vous pensez que c'est important.

Clothilde but une gorgée d'eau, prit une inspiration, puis composa le numéro enregistré sur son téléphone et attendit. Elle pensait devoir patienter le temps de plusieurs sonneries, mais son correspondant décrocha presque aussitôt.

— Dexter !? C'est toi ? C'est Clothilde.
— Hello ! Comment vas-tu, je suis heureux de t'entendre !
— Je ne te réveille pas, j'espère ?
— Mais non, figure-toi que je suis rentré, il y a trois jours ! Je suis en ville. On pourrait se voir, si tu veux ?
— Tu es rentré ? Je croyais que tu devais rester à New-York encore jusqu'en septembre ?
— C'est ce qui était prévu, mais il y a un break de quinze jours pour la production là-bas, alors, j'ai décidé de m'octroyer une petite pause et de rentrer. J'ai bien fait, si tu es disponible aussi. Tu en es où du projet du parfum yamanais ? Il faut que je te fasse découvrir une nouvelle fragrance, je suis certain que tu ne connais pas, c'est extrêmement intéressant, tu verras. Une essence de pin du Canada…

— J'aimerais beaucoup, mais j'ai quelques problèmes. Je viens de me faire voler mes essais sur le parfum antique.
— Quoi ?! Comment ça ? Comment c'est arrivé ? Quelqu'un s'est introduit chez toi ? Tu veux que je vienne ?

Clothilde raconta brièvement ce qui s'était passé, sans dire où elle se trouvait, comme le lui avait suggéré le lieutenant. Elle inventa que les fioles étaient dans un tiroir de son bureau, sous clé, et qu'elle avait été cambriolée chez elle, en ville. Le parfumeur ne cessait de ponctuer ses phrases de « Oh !! » ou de « Non ?! », sans paraître une seule seconde douter du récit de son amie. Il n'en revenait pas. Puis, elle lui demanda de ne pas s'affoler et de ne faire savoir à personne ce qui s'était passé. En effet, cela risquait d'alerter le voleur et de faire échouer les recherches.

— Ah, tu as appelé la police ? Ils sont à sa poursuite ?
— Oui, la police a déjà lancé une enquête, je te tiendrai au courant.

Lorsqu'elle raccrocha, tout le monde était perplexe. Le lieutenant, en particulier, s'interrogeait.

— Très étonnant, tout cela. Votre ami est un des seuls à connaître votre projet en cours, et justement, il se trouve qu'il est revenu à l'improviste de New-York, au moment où on vous vole.

— Je dois reconnaître que c'est une étrange coïncidence. Mais je continue de croire que Dexter est incapable de commettre un vol. Et puis, il m'a vendu ces droits, ce n'est pas pour me voler ensuite mes essais.

— Peut-être vous a-t-il laissé travailler, pour ensuite récolter les fruits de vos efforts et se faire passer pour l'auteur du parfum ?

— Non, Macha, vraiment, je vous assure, je le connais bien, c'est impossible. Ce n'est pas lui. Je comprends que les apparences sont contre lui, mais c'est une personne honnête, un passionné, qui n'a pas besoin de s'approprier les créations des autres pour se rendre intéressant.

Il était tard, et tout le monde avait besoin de se reposer et se remettre de ses émotions. Clothilde renouvela son hospitalité à Macha.

— Restez autant que vous voudrez, chère Macha. Habituellement, je suis plutôt solitaire, mais je dois dire que votre présence m'est actuellement d'une grande aide, en plus du plaisir de partager avec vous l'amour des plantes.

Le lieutenant ne quitta les deux femmes qu'après s'être assuré qu'elles se sentaient à nouveau en sécurité. A priori, il n'y avait aucune raison pour que le voleur revienne, et Mondy veillait depuis chez lui.

De retour dans la chambre d'hôtes, il contacta le commissariat pour savoir si on avait du nouveau sur la voiture bleue aperçue par le témoin de la rue Lebège. Par chance, les nouvelles étaient plutôt bonnes. Grâce à plusieurs enregistrements vidéo du quartier des Halles, on avait effectivement repéré une voiture bleu clair, qui circulait à l'heure des faits, et venait tout droit de la rue de l'accident. Le numéro de la plaque était visible en partie, il ne manquait que la fin, qui semblait avoir été masquée par un cache. Si on pouvait confirmer cette dissimulation en analysant de plus près l'image, cela prouverait déjà que le conducteur voulait échapper aux contrôles. On allait donc effectuer des recherches sur toutes les combinaisons possibles de numéros, et tenter de retrouver le propriétaire. Leclou voulait absolument l'interroger et recueillir son témoignage.

Le lieutenant demanda également qu'on se renseigne sur le parfumeur Dexter Feldman, sa personnalité, ses habitudes, ses relations, son emploi du temps des dernières semaines… Il voulait tout savoir sur cet homme. Par expérience, il savait que personne n'est au-dessus de tout soupçon et qu'il suffit d'une occasion pour que n'importe quel honnête homme se laisse tenter.

Pour le moment, il s'agissait d'exploiter au maximum la piste du voleur de parfum. Cependant, était-ce une piste véritablement intéressante ? Si l'on reprenait depuis le début, la « fille du coffre » était dans la voiture de Singh, dont on savait maintenant qu'il était bien en route pour Milbès, avec pour objectif de livrer la myrrhe à Madame Sandret, lorsqu'il avait eu l'accident. Donc, on pouvait en déduire que l'inconnue venait aussi au village. Or, elle s'était retrouvée à l'hôpital, puis elle en était ressortie, et justement, le vieux Mondy avait reçu dans la foulée un appel d'une femme qui cherchait un refuge. Donc cela pouvait être elle, mais cela pouvait aussi être une coïncidence.

La nuit apporta à Leclou la sagesse de la réflexion inconsciente. Etant donné que le voleur ne pouvait pas être quelqu'un du village, ce qui aurait été trop risqué, il ne pouvait s'agir que d'un vagabond tombé là par hasard, ou bien de quelqu'un qui savait quoi trouver dans l'atelier de la parfumeuse. En effet, rien d'autre n'avait été volé ni même déplacé, comme si la personne était allée directement au coffre du placard. Mais comment quelqu'un de l'extérieur avait-il pu savoir ce sur quoi travaillait Clothilde, et où se trouvaient les fioles ? La seule personne qui savait, selon elle, était Macha, et encore, depuis peu. Or, il était inenvisageable que la journaliste ait parlé de ce grand secret à qui que ce soit dans l'intervalle, elle n'aurait jamais commis une telle erreur. Quant à accuser Mondy, qui aurait pu épier sa voisine depuis son jardin, c'était aller un peu vite en besogne. Le vieil homme avait plutôt l'air d'un humaniste convaincu, activiste mais modéré.

En tout cas, la piste de la « fille du coffre » se délitait peu à peu. Un deuxième scénario menait à imaginer qu'elle se trouvait dans la voiture de Singh pour une autre destination, de gré ou de force, et qu'il devait la faire descendre, avant de poursuivre lui-même sa route vers Milbès.

La traque du voleur était donc nécessaire, afin d'en savoir plus. Un vagabond ne pouvait pas être allé bien loin, on le retrouverait forcément. Malheureusement, il risquait d'endommager ou de perdre son précieux butin, ce qui serait un vrai désastre étant donné la valeur culturelle et historique des fioles dérobées.

Dans les rues de Milbès, il n'y avait que très peu de monde ce matin-là. D'après la propriétaire de la chambre d'hôtes, Aline, c'était normal puisqu'il y avait une grande réunion politique prévue, dans une salle de l'école.

— Une réunion politique ? Ici ?

— Bien sûr ! Vous pensez que nous, à la campagne, nous ne sommes pas concernés par la politique ? Détrompez-vous !

— Ce n'est pas ce que je voulais dire, désolé. Vous n'y allez pas, à cette réunion ?

— J'ai beaucoup à faire, j'ai un couple qui arrive dans une demi-heure. Et puis, je sais déjà pour qui je vais voter. Cette matinée va d'abord porter sur une présentation du programme des candidats, et plus tard, le maire fera son discours. J'essaierai d'être présente à ce moment-là. Je voudrais savoir ce qu'il compte mettre en place pour le balisage des chemins de randonnée autour du village. Mes clients ne s'y retrouvent pas très bien, c'est un problème.

Les chemins de randonnée, les touristes… Et si ce voleur était tout de même d'ici ? Un habitant, ou plutôt un invité, un visiteur qui aurait de la famille à Milbès, un cousin… En assistant à cette réunion, Leclou pouvait espérer en apprendre beaucoup sur le village, en peu de temps, et peut-être discuter avec les uns et les autres et savoir qui était de passage. Il ne devait pas oublier cependant qu'il s'était présenté comme chercheur agronome, et non pas comme policier, à la chambre d'hôtes.

Il se dirigea donc vers l'école, et trouva sans mal le chemin qui menait à la grande salle de sport, à l'arrière. C'était là qu'était organisée la réunion, et déjà, beaucoup de monde se massait à l'entrée, en attendant que les organisateurs donnent le départ. Le village ne comptait guère que quatre-cents habitants, et il devait y avoir ici au moins les trois-quarts de ceux-ci. Comme l'avait dit Alice Forais, les gens de Milbès n'étaient pas du tout indifférents aux questions politiques.

Le lieutenant se faufila entre les groupes déjà formés, et en pleine discussion. Certains d'entre eux le dévisageaient, comme pour essayer de se souvenir qui il était, mais il ne s'attarda pas et avança jusqu'à l'intérieur. Là, il fut sauvé par la patronne du café, qui, le reconnaissant, le salua avec un sourire.

— Bonjour, chez monsieur, vous vous intéressez aussi à ces prochaines élections, n'est-ce pas ? N'hésitez pas à venir déjeuner, ce midi, il y a du bœuf braisé, pour l'occasion. De la viande locale, de nos éleveurs. Vous ne trouverez pas plus près. Le bœuf est venu à pied jusqu'à ma cuisine et je le connaissais personnellement.
— Merci beaucoup, Madame, c'est très aimable à vous. Je vais voir. Ah ! Je crois que ça commence !

En effet, une femme en tailleur s'était emparée d'un micro et appelait les participants à se rassembler devant l'estrade, montée pour l'occasion. La réunion allait démarrer sans tarder. Ensuite, tout le monde pourrait profiter d'un apéritif servi debout à l'extérieur, avant le mot du maire. Cette dame, qui se présenta comme première adjointe, avait d'abord une annonce importante à faire, et demanda le silence général. Après quelques secondes, on n'entendait plus guère que le chant des oiseaux, assourdi par les baies vitrées de la salle au plafond haut, et quelques chuchotements.

— Voilà, avant que nous passions au sujet de la réunion, c'est-à-dire la présentation des programmes de tous les candidats à la présidentielle, destiné à vous aider à faire un choix éclairé, nous devons faire une annonce. Ce ne sera pas long. Certains d'entre vous le savent déjà, à leurs dépens, il y a eu ces dernières heures des vols dans la commune.

CHAPITRE 12

Les derniers chuchoteurs se turent. Des vols ? Voilà qui intéressait tout le monde, et Leclou en tout premier lieu. Clothilde Sandret n'était donc pas la seule à avoir été cambriolée ?

— Ne vous inquiétez pas, aucun objet de valeur n'a été dérobé, et de plus, pendant que vous êtes tous ici avec nous, plusieurs rondes sont organisées par des bénévoles pour surveiller les habitations et les rues. Ce qui a été volé, c'est essentiellement de la nourriture.

Il y eut un oh ! de surprise générale.

— Oui, je confirme. Du pain, des fruits, des légumes, et aussi de l'eau en bouteille, d'après les témoignages. Et ceci dans plusieurs maisons, au moins quatre, un peu partout dans le village. Surtout, chaque personne qui remarquerait la disparition de quelque chose chez elle, doit venir le signaler à la mairie, afin que la police ait bien tous les éléments en mains. Le commissariat va nous envoyer quelqu'un. Nous pensons à des gens de passage, mais on ne sait jamais. Le village est très peu touché par ce genre de problème, heureusement, alors, nous allons tout faire pour que cela ne se reproduise pas. Voilà, rien de grave, encore une fois, mais nous voulions profiter de votre présence à tous pour vous avertir.

Des habitants, à l'annonce de cette information, quittèrent immédiatement la salle. Sans doute préféraient-ils se passer d'un apéritif, pour aller monter la garde chez eux, où le rôti était prêt dans le four et bien trop tentant.

Et si le voleur était parmi eux, et se sentant menacé, prenait le large ? Le lieutenant enregistra mentalement tous les visages des *déserteurs*, on n'est jamais trop prévoyant.

Leclou était très intrigué. Si des vols de nourriture avaient été commis, la piste du vagabond se confirmait effectivement. Et peut-être bien que c'était la même personne qui avait commis le larcin chez la parfumeuse, et qui, affamée, avait aussi chapardé au vol des victuailles par ci par là. Mais que comptait-il faire d'une boîte de parfums ? Peut-être une erreur. Arrivé par le jardin, il avait ouvert le placard de l'atelier au hasard, et voyant l'étui de cuir, l'avait pris en croyant voler des bijoux ou de l'argent.

Le lieutenant décida d'aller à la rencontre des policiers chargés de mener l'enquête. Dès leur arrivée, il se présenta et expliqua qu'il était là sous couverture pour mener une mission de recherche de personne disparue, et les tint au courant de ce qui s'était passé chez Madame Sandret. Les collègues avaient pour mission d'interroger les victimes et de trouver des témoins éventuels, même si la majorité des vols avaient été commis pendant la nuit, ce qui laissait peu de chance.

— Il y a souvent des vols de ce genre, dans la région ?

— Oh, non, je n'ai jamais entendu parler de malfaiteurs qui volent de la nourriture chez les gens. On vole parfois des animaux, des machines, des tracteurs, ça oui. Mais voler dans les plats…

Il n'y avait plus qu'à attendre les résultats des recherches, qui se poursuivraient certainement dans les villages environnants. Leclou décida de repasser à la chambre d'hôtes pour demander à Alice Forais si elle avait eu la visite elle aussi d'un chapardeur.

Elle finissait justement de débarrasser les tables du petit déjeuner.

— Non, je n'ai pas remarqué qu'il manquait quoi que ce soit en cuisine. Comme c'est étrange, cette histoire !
— La police se demande aussi si quelqu'un a vu des personnes étrangères au village.
— Ça, forcément, j'en vois, puisque c'est mon métier ! Ce matin, un couple est arrivé, que je ne connais pas. Ils sont déjà repartis, ils voulaient absolument aller faire des emplettes en ville. Je ne vois pas l'intérêt de se presser comme ça, quand on est en vacances… Je pourrai vous les présenter, si vous voulez, cela vous donnera l'occasion de discuter, je crois que le monsieur est un

peu dans le même domaine que vous, dans l'agroalimentaire.

A peine Aline eût-elle terminé sa phrase, que le couple en question fit son entrée. Ils avaient déjà fini leurs courses, et rentraient pour se changer et partir en balade aux environs.

— Ah ! Comment s'est passée votre sortie ? Vous avez trouvé ce que vous cherchiez ?
— Absolument ! Nous avions oublié nos gourdes, accessoire indispensable pour les randonnées. La route est vraiment jolie, nous avons fait un tout petit détour par l'Ouest pour déposer une dame du village, et je dois dire que j'aime beaucoup cette campagne.
— Une dame du village ? Qui donc ?
— Elle s'appelle Ambre. Vous la connaissez sûrement.
— Ambre ? Non, je ne vois pas.
— Une toute jeune femme, aux cheveux noirs et avec un accent. Nous avons pensé qu'elle vivait ici, elle nous a dit qu'elle avait un problème de voiture, et qu'elle devait se rendre à un rendez-vous médical important.
— Je ne la connais pas. Peut-être un membre éloigné d'une famille de Milbès, en visite ici.

Leclou trépignait. Il ne pouvait pas poser de questions au couple sans se dévoiler, et d'un autre côté, la description de la jeune femme brune à l'accent correspondait trop à celle de la « fille du coffre » pour le laisser indifférent. Il décida d'attendre un peu qu'Aline soit occupée pour aller vers eux et leur parler discrètement.

— Je vous ai entendus tout à l'heure. Je crois que je connais la jeune femme qui vous a demandé de l'emmener. Vous pouvez me dire où vous l'avez déposée ?

Le couple le regarda avec méfiance. Non, ils n'avaient pas envie d'en dire plus, finalement. En tout cas pas à un homme seul qui se montrait aussi curieux.

Pas le choix, il était obligé de leur dire qui il était.

— Voici ma carte de police, je suis en mission et je vous remercie de ne rien en dire à personne ici. Cette femme, il faut absolument que je la retrouve. Vous n'avez pas vu cet avis de recherche ? Regardez, c'est elle, n'est-ce pas ?

Lorsque le couple vit la photographie de la « fille du coffre » sur le document officiel, ils n'eurent pas le moindre doute. C'était bien elle. Ils n'avaient pas assez prêté attention à l'information pourtant largement diffusée, et puis, on n'imagine jamais qu'on va être celui qui tombera sur la personne faisant l'objet de toutes les attentions des autorités.

— Nous l'avons déposée près de la gare. Mais elle n'avait pas la moindre valise.
— Avait-elle l'air angoissée ?
— Un peu. Mais nous avons pensé que c'était à cause de ses problèmes de voiture. Nous sommes désolés, si seulement nous avions fait attention.
— A-t-elle dit quelque chose concernant sa destination ?
— Non, elle a seulement dit qu'elle devrait trouver un garagiste pour sa voiture, et qu'elle se ferait ramener par sa belle-sœur qui se trouvait en ville.
— Ce n'est pas grave, nous allons la retrouver. Merci de votre aide.

Leclou fila retrouver l'équipe de policiers, qui lancèrent immédiatement une équipe sur le coup. A pied, la jeune femme n'irait pas loin. Et si elle prenait le train, on irait l'attendre à l'arrivée de chacune des destinations possibles. On avait au moins la preuve qu'elle parlait, et qu'elle était tout à fait consciente et sensée à présent. Elle avait retrouvé sa lucidité.

Lorsque, un peu plus tard, Macha et Clothilde apprirent que Lucien avait repéré la « fille du coffre », ce fut un soulagement. Si c'était elle, la voleuse, on allait peut-être pouvoir remettre la main sur les essais de parfum. Et cette mystérieuse inconnue pourrait enfin expliquer qui elle était, et pourquoi elle fuyait ainsi.

Autour d'un verre, ils attendaient tous les trois le vieux Mondy, qui devait les rejoindre chez Clothilde pour un déjeuner fait de tartes salées et sucrées, préparées par les deux femmes dans la matinée.

— Vous n'êtes donc pas allée à la réunion politique, Clothilde ?
— Moi, non ! Je ne suis pas du tout intéressée, cela me hérisse même, je dois dire. J'en suis désolée, je sais que ça n'est pas moralement correct, mais je ne parviens pas à me résoudre à toute cette comédie. Je pense que chacun devrait être assez responsable pour se conduire tout seul selon ses convictions, et dans le respect d'autrui. Pas besoin de dirigeants. En revanche, c'est un point de vue que mon voisin préféré ne partage pas,

et nous avons très souvent des discussions sur le fait de devoir ou pas, discuter politique ! C'est ridicule, nous essayons de nous convaincre l'un l'autre que cela ne sert à rien, ou au contraire, que c'est le fondement de notre civilisation !

— En effet, c'est cocasse.

— Mais toujours bienveillant. Mondy est un peu comme un gardien, pour moi. Il est attentif, sans être envahissant. Nous nous parlons presque tous les jours, ici, mais nous ne nous voyons pas souvent. Lorsque je l'ai contacté pour louer la maison, il s'est montré très compréhensif, et j'ai senti à quel point il était touché que je n'aie pas oublié le lieu de nos vacances. Nous avons un lien particulier, grâce à cette histoire familiale. Je suis heureuse d'avoir pu travailler ici sur mon projet, et je crois bien que je me souviendrai toute ma vie de ces quelques mois de retraite laborieuse à la campagne. Evidemment, ce vol vient un peu gâcher le tableau, mais là aussi, je relativise. Après tout, ce ne sont que des essais, et je peux les recréer sous quelques semaines ou quelques mois, grâce à mes notes et formulations.

— Vous n'avez rien remarqué d'autre, depuis hier ?

— Non, rien du tout. On dirait que tout cela n'était qu'un rêve : l'atelier ouvert, le placard vidé… Mais l'étui a bien disparu, lui. Zut ! J'avais laissé dedans mon dernier flacon de parfum personnel. Heureusement qu'il n'en restait presque plus.

Mondy arriva enfin. La réunion était terminée, l'apéritif consommé à la salle de l'école. Le vieil homme était remonté comme une pendule. Il avait pris la parole pour défendre le seul candidat militant humaniste, et malheureusement, reçu peu de soutien des autres habitants du village.

— Ils ne pensent qu'à leurs vaches, à quel prix ils vont les vendre, s'ils vont recevoir des subventions… Ils sont incapables de prendre un peu de hauteur, et de penser plus large que leur pré ! Grrr !
— Allez, Mondy. Venez manger avec nous, prenez une part de tarte, et réjouissons-nous de ce moment ensemble, regardez comme le ciel est clair, c'est un bon présage !
— Je ne vous savais pas poétesse mystique, Clothilde !
— Moi non plus, Macha, mais tous ces évènements me montent à la tête, je crois ! Et toute cette nature aussi. Il va falloir que je retrouve la ville et le béton rapidement !

Ils éclatèrent de rire. L'ambiance se détendait et cela faisait du bien à tout le monde.

Mondy avait lui aussi entendu parler des vols de nourriture. Il était très surpris, comme tous les habitants, de ces histoires. D'autant plus que si la femme qui l'avait appelé était bien celle qui était en fuite, il ne savait toujours pas d'où elle venait, ni qui lui avait conseillé de s'adresser à lui.

— Je ne comprends pas, j'ai appelé tous mes contacts dans les organisations humanitaires auxquelles j'appartiens, et personne ne voit qui est cette femme. Qui a pu lui donner mes coordonnées ?
— Aviez-vous rencontré Martin Singh, Monsieur Mondy ?
— Oui, lieutenant, je l'ai rencontré ici même, lorsqu'il est venu livrer des ingrédients à Clothilde, pour ses parfums. Elle m'a parlé de l'accident, c'est terrible et tellement triste. Ce garçon était très gentil. Nous avons parlé un peu au sujet de son pays, l'Inde, et de façon plus générale, des difficultés à faire respecter les droits humains dans le monde. Il était ouvert et très à l'écoute, c'était agréable de discuter avec quelqu'un comme lui.
— Qu'allez-vous faire, à présent, Clothilde ?

— Eh bien, voyez-vous, Macha, j’y réfléchissais cette nuit. Je pense que je vais attendre un peu ici de voir si la police retrouve le voleur, afin de savoir si j’ai une chance de récupérer mes essais. Si ce n’est pas le cas, je crois que je m’accorderai encore quelques semaines ou mois pour les reconstituer. Mais il va me falloir trouver un nouveau fournisseur de myrrhe.
— De « mire » ?
— La myrrhe, Mondy, c’est une résine odorante, que l’on ne trouve que dans quelques pays arides, et que Singh me fournissait. La police a saisi ma commande, et elle fait partie maintenant des pièces à conviction.

Le téléphone sonna. Clothilde décrocha dans le couloir et discuta quelques instants avec son interlocuteur. Lorsqu'elle revint, elle était livide. Macha s’inquiéta.

— Qu'est ce qui se passe, Clothilde ?
— C'était Dexter. Il était devant chez moi, en ville. Il voulait me parler. Je lui ai dit que je ne rentrais pas ce soir, mais que je l'écoutais s’il avait quelque chose d’important à me dire. Il a reçu des menaces.
— Des menaces ?

— Oui. Quelqu'un l'a appelé de la part du gouvernement du Yaman. On l'accuse d'avoir volé la formule du parfum antique. C'est inouï ! On lui demande de rendre les documents et les analyses d'échantillons immédiatement.

CHAPITRE 13

Clothilde était sous le choc. Les mauvaises surprises s'enchaînaient. Ce parfum antique était-il maudit ? Des légendes couraient au Yaman, qui affirmaient que quiconque s'acharnerait à violer les secrets des rois en paierait le prix fort. Si elle avait été superstitieuse, elle aurait immédiatement tout abandonné.

— Je ne comprends pas ce qui se passe. Je n'ai pas été embêtée depuis près d'un an sur mon projet, et maintenant, tout semble vouloir s'écrouler d'un coup.

— A-t-il parlé de vous, Clothilde ? Votre ami a-t-il dit qu'il vous avait vendu les droits ?
— Non, je ne crois pas. Il veut me protéger, il me prévient pour que je me tienne sur mes gardes. C'est inouï, cette histoire !

Macha se tourna vers le lieutenant.

— Que peut-on faire, Lucien ?
— Occupez-vous de cette question de droits d'exploitation avec Clothilde, voyez avec vos conseillers juridiques et ceux de Feldman ce qui se passe. S'il a vraiment acheté ces droits, il doit avoir fait enregistrer tous les justificatifs auprès des autorités. Il faut savoir pourquoi le Yaman remet en question le contrat, tout à coup. Quelle mouche les pique ? Et pourquoi justement maintenant ? Je vais rejoindre l'équipe locale de gendarmerie, je crois qu'ils ont retrouvé la piste de la « fille du coffre ».
— Puis-je vous accompagner, lieutenant ?
— Cela risque d'être dangereux, Monsieur Mondy, je ne crois pas que ce soit une bonne idée.
— C'est que je me sens un peu responsable, vous comprenez ? Si cette personne comptait sur moi…

— Nous ne savons toujours pas à qui nous avons à faire, et ne vous inquiétez pas, nous prendrons soin d'elle. Je vous tiendrai au courant. Ce n'est peut-être pas la même personne ! Juste une question, Macha, vous avez pu vérifier si on trouve de la myrrhe au Yaman ?

— Ah, en effet, j'ai vérifié. Non, Lucien, il n'y a pas de myrrhe au Yaman. En revanche, dans plusieurs pays proches, comme la Somalie et l'Ethiopie, par exemple, on trouve des arbres à myrrhe.

— Bon, très bien, merci beaucoup, chère Macha.

Le lieutenant fila retrouver sa voiture et prit la direction de la ville, où la brigade locale l'avait averti qu'un témoin avait bien vu la jeune femme déposée par le couple dans le créneau horaire indiqué.

Après quelques dizaines de minutes de conduite au milieu des champs et des bois, dans un décor de campagne rassurante, Leclou arriva sur les lieux. La ville où avait été déposée la fuyarde était de taille moyenne, mais surtout, dotée d'une gare. Selon les témoignages recueillis, elle avait été vue sur un quai, comme si elle attendait un train en partance pour le sud. Puis, un autre témoin pensait l'avoir aperçue dans le passage souterrain qui reliait les différentes aires de départ, marchant vers un autre quai en partance vers l'est. Les vêtements décrits n'étaient pas tout à fait ceux qu'elle portait en arrivant à l'hôpital et sur l'avis de recherche, comme le couple l'avait déjà remarqué, mais elle avait pu voler ou se faire donner une autre tenue entretemps. Alors, sud ou est ? Dans tous les cas, personne ne pouvait confirmer de façon certaine qu'elle était montée dans l'un ou l'autre train, et au guichet, on ne se souvenait pas de cette personne.

— Elle a très bien pu monter sans billet. Il faut absolument mettre quelqu'un à l'arrivée de chacune des destinations, au prochain arrêt, et guetter sa descente. Elle ne pourra pas s'échapper.
— Bien, lieutenant, je donne les ordres. Ce sera fait.
— Attention, elle peut changer de vêtements ou tenter de se déguiser, alors, il faut être très attentifs.

Le lieutenant avait décidé de patienter sur place, pendant qu'on menait les opérations d'interpellation. En attendant, il appela Fauquet au commissariat.

— Lieutenant ? Vous êtes toujours à Milbès ?

— Oui, Fauquet, pour quelque temps encore. Quoi de nouveau, là-bas ?
— Eh bien, nous avons fini par retrouver le numéro de la plaque de la voiture bleue, celle qui est passée juste avant Martin Singh et qui a croisé le camion.
— Oui ?
— Malheureusement, c'est une voiture volée.
— Quoi ?

Après de longues recherches sur toutes les combinaisons d'immatriculation possibles, le brigadier était tombé en effet sur un véhicule déclaré comme volé la veille de l'accident, et qui appartenait à une dame venue faire du shopping en ville. On lui avait dérobé sa voiture dans un parking extérieur non gardé, pendant qu'elle était dans les boutiques avec sa fille. Impossible de savoir, donc, qui conduisait le jour du drame. Les images de vidéos de la ville ne permettaient pas une netteté suffisante sur le conducteur, ni même de distinguer s'il était seul ou pas. Restait seulement une solution : parvenir à localiser le véhicule, et, avec peu d'espoir, le conducteur, qui n'imaginait peut-être pas qu'on avait retrouvé sa trace. Malheureusement, les voitures volées sont la plupart du temps abandonnées dans un terrain vague ou une petite rue isolée.

Le lieutenant s'assit sur un banc, près de la gare, attentif aux nouvelles qui n'allaient pas tarder à arriver concernant la fugitive, puisqu'il ne restait que deux arrêts possibles à contrôler, et qu'elle se trouvait forcément à l'arrivée de l'un ou de l'autre. Il se demandait comment elle avait fait pour arriver jusqu'à Milbès, la veille. Mentalement, il se repassait son parcours possible. La dernière fois qu'il l'avait vue, elle était dans sa chambre d'hôpital, muette et comme sonnée. Puis, on avait constaté sa disparition, et elle n'était reparue que dans le village, puis sans doute, à la gare. Mais de l'hôpital en ville jusqu'à Milbès, il y avait au moins quatre cents kilomètres. Elle n'avait quand même pas parcouru cette distance à pied ! Elle ne pouvait qu'avoir été transportée, ou bien peut-être avait-elle, elle aussi, volé une voiture ? Si elle avait fait du stop, on aurait pu la reconnaître et alerter la police, c'était donc moins probable. La présence d'un complice n'était pas à écarter totalement. Cependant, elle était seule lorsque le couple l'avait prise en charge au village.

— Lieutenant !

C'était le chef de la brigade locale, qui avait du nouveau sur la traque.

— J'ai eu les équipes en place sur les différents points de blocage. C'est incroyable ! Elle a disparu, on ne l'a pas trouvée.

— Vous avez fouillé les wagons ?

— Oui, lieutenant. Quand nos hommes ne l'ont pas vue descendre, ils ont fait patienter le train, sont montés et ont examiné toutes les voitures. Elle n'était nulle part ! Je me demande où elle a pu se cacher.

Leclou ne dissimula pas sa déception. Il n'en voulait pas aux policiers, qui avaient fait le maximum. Il s'en voulait à lui-même de s'être fait doubler ainsi. Cette jeune femme n'était pas aussi naïve et frêle qu'elle lui avait paru lorsqu'il l'avait rencontrée après l'accident. Elle paraissait même pleine de ressources, et capable de déjouer les plans des gendarmes, avec ou sans complices.

Il devait donc reconsidérer cette inconnue à sa juste capacité. Mais cela soulevait à nouveau la question que l'on se posait depuis la veille : Que comptait-elle faire de l'objet du vol ? Pourquoi une personne si vive et a priori déterminée, avait-elle décidé de prendre les échantillons de parfum ? Qu'est-ce qui pouvait l'intéresser là-dedans ? Etait-ce le hasard qui l'avait menée jusqu'à l'étui ? Ce vol avait-il pu être commandité par le Yaman ? Etait-elle originaire de là-bas ? D'après les papiers qu'on avait retrouvés chez lui, et son passeport, Martin Singh avait eu l'occasion d'y passer, en se rendant en Erythrée lors de ses récents séjours. Avait-il un lien particulier avec ce pays ?

Cette fuite ne pouvait pas durer, et il était évident que les évènements qui se succédaient n'étaient pas l'œuvre du hasard. C'était le moment d'agir et de retrouver la « fille du coffre ».

Il y avait deux solutions : soit elle était descendue sans qu'on la remarque, cachée au milieu d'un groupe de personnes, déguisée, voire dissimulée dans un bagage ou une malle -car elle était menue et petite-, soit elle était toujours à bord d'un train, et continuait sa route. Dans ce cas, les agents prévenus par la brigade locale l'intercepteraient sans tarder au fur et à mesure des arrivées à destination. Une troisième hypothèse était qu'elle n'avait finalement pas pris de train, et qu'elle se trouvait toujours en ville. Elle avait pu faire acte de présence sur un quai, et ensuite changer d'avis et se fondre parmi les voyageurs débarquant, pour disparaître dans un café ou un hôtel. Mais elle n'avait pas d'argent, elle avait seulement l'étui des parfums de Clothilde. Sauf si elle en avait dérobé au village, ce que personne n'avait signalé pour l'instant. On peut toujours échanger de la nourriture ou un hébergement contre un bijou, une montre ou un objet précieux, mais Leclou savait que des boucles d'oreilles et une bague, ainsi qu'un fin bracelet, avaient été retrouvés dans un casier à son nom après son départ précipité de l'hôpital. Elle n'avait emporté que ses vêtements.

Puisqu'il était toujours à la gare, il décida d'organiser immédiatement avec la brigade locale une « poursuite » dans la ville, où la fugitive était peut-être cachée. C'était la moins probable des trois hypothèses, mais on ne pouvait rien négliger, dans la situation actuelle. Avec l'aval du capitaine Martin, qui suivait l'affaire à distance, il prit les commandes des opérations. La technique la plus logique consistait à se mettre à la place de la « fille du coffre », dans la mesure du possible : imaginer ce que l'on ferait si on se trouvait dans la même situation qu'elle, et deviner ce qu'elle pouvait penser. Bien sûr, depuis le temps qu'elle vadrouillait en se cachant, elle avait dû finir par tomber sur l'avis de recherche, et savait qu'on la traquait.

S'il était lui-même recherché, que ferait Leclou ? Il aurait sûrement tenté lui aussi cette piste du train qui part dans plusieurs directions possibles, et s'il avait décidé de rester pour tromper son poursuivant, il se cacherait sans doute quelque part dans la gare où dans un endroit depuis lequel il pourrait observer sans être vu. En effet, lorsqu'on tend un piège, on veut savoir s'il a fonctionné.

— Une équipe avec moi pour fouiller toute la gare et les environs, en particulier les cachettes avec vue sur les halls et les quais, et sur l'extérieur.
— Bien, lieutenant !

Pendant une demi-heure, ils visitèrent tous les lieux et recoins considérés comme « suspects », depuis les salles d'attente vitrées, jusqu'aux cafés donnant directement sur les accès, en passant par les bureaux des personnels administratifs. Heureusement, la gare n'était pas grande.

Pas de trace de la fuyarde.

Il fallait donc agrandir la zone de recherche.

— Nous allons fouiller tout le quartier, hôtels et commerces compris !

La brigade se déploya tout autour de la gare. Il y avait plusieurs brasseries et cafés, des boutiques de lingerie et de parapluies, de presse et de snacking. Malheureusement, là encore, personne n'avait vu quelqu'un qui ressemble à la photographie.

Leclou remarqua un cinéma au milieu de l'avenue principale qui menait de la gare au centre-ville. S'il devait se cacher, c'est certainement là qu'il tenterait d'entrer. Sans argent, la jeune femme ne pouvait pas acheter de billet, mais qui savait si elle n'avait pas réussi à se procurer un peu de monnaie ? Et puis, avec de la ruse, elle pouvait même réussir à se faufiler sans qu'on la voie.

Il pénétra donc dans l'établissement, montra sa carte de police, et demanda qu'on le laisse déambuler et qu'on se conduise tout à fait comme d'habitude pour ne pas attirer l'attention. Le personnel n'avait pas vu de jeune femme seule entrer, ils étaient perplexes. Pourquoi la cherchait-on, déjà ? Avait-elle commis un crime ou était-elle dangereuse ?

— Non, pas d'affolement. Ne vous inquiétez pas, la police est là, dehors, et je m'occupe de tout. Faites comme si de rien n'était, et tout se passera bien. Vous pouvez me donner un plan du bâtiment ? Il y a des combles, des salles techniques ? Y a-t-il plusieurs accès ?

Le document confié après quelques minutes de recherches, un vieux papier usé et racorni, comportait tous les détails de la construction, datant des années quatre-vingt. Leclou commença par aller vérifier chacune des salles, au nombre de cinq, et contrôla chaque rangée. A cette heure-là, il y avait deux projections, et heureusement, peu de monde. Puis il se rendit dans les espaces techniques, dans les toilettes, les bureaux, les combles, et tous les endroits où quelqu'un aurait pu se glisser discrètement pour attendre.

Finalement, il quitta le cinéma bredouille. Elle n'était pas là. Les autres n'avaient pas eu plus de chance, même si une passante interrogée alors qu'elle lisait sur un banc affirma qu'elle avait vu une jeune personne aux longs cheveux noirs passer en courant quelques dizaines de minutes plus tôt. Elle ne pouvait cependant pas affirmer que c'était bien la fille de la photo.

Il fallait continuer.

— Bon, nous allons nous disperser. Deux personnes pour visiter l'église, dans la rue à gauche, et ensuite, une équipe à la fête foraine. On m'a dit qu'elle est installée en bordure de la ville, je pense que c'est l'endroit idéal pour disparaître dans la foule.

Le lieutenant ne voulait rien laisser au hasard, d'autant que les nouvelles des agents en attente à l'arrivée des trains n'étaient pas bonnes : la fille n'était pas descendue, et on ne l'avait pas trouvée dans les wagons. Malheureusement, cela pouvait signifier qu'elle avait réussi à s'échapper avant sans qu'on la repère, peut-être même qu'elle avait pris une correspondance, et qu'elle était maintenant on ne savait où dans une des multiples villes desservies par le réseau.

Leclou rebroussa chemin pendant que les autres se dirigeaient vers leurs postes de surveillance. Il retourna vers la dame du banc, qui avait dit avoir vu passer une jeune femme seule en direction du centre-ville. Finalement, c'était la seule personne qui pensait l'avoir aperçue. Par chance, elle était toujours là.

— Madame, excusez-moi, la jeune femme que vous avez vue, est bien partie par là ?
— Oui, c'est bien ça. Elle a dû entrer dans le grand supermarché.
— Un supermarché ?
— Oui, là, dans la rue du Pré.

Le lieutenant se précipita. Il n'avait pas vu le supermarché, mais c'était une idée aussi, car la fugitive devait avoir faim. Et si elle n'avait pas remarqué la brigade à ses trousses, elle pouvait avoir décidé d'aller dans un endroit où la nourriture ne manquerait pas et où, même sans argent, il était possible de grignoter sur place discrètement.

Il entra, sans se presser, pour ne pas effrayer les clients poussant leur caddie. Les caisses n'étaient pas bondées, le flux était doux. Il avança vers le rayon des brioches et biscottes, le plus intéressant selon lui pour piocher dans des paquets. Dès qu'il arriva aux céréales, au moment même où il tourna les talons vers les petits-déjeuners, une silhouette menue disparut au coin du rayon, vers les gâteaux. Vite, il courut dans sa direction, et eut juste le temps de voir son visage : quelle surprise, c'était bien elle ! Elle avait attaché ses cheveux en natte, mais il n'y avait pas de doute, c'était la « fille du coffre ». Se sentant observée, elle leva la tête et dès qu'elle le vit, le regard fixé sur elle, lâcha le paquet qu'elle tenait dans sa main et fila vers la sortie. Elle était en alerte. Leclou courut derrière elle, mais il fut gêné par deux clients avec leurs caddies, qui s'interposèrent derrière la jeune femme sans se douter de ce qui se passait. Lorsqu'il arriva à sa suite à la porte, elle avait disparu dans la rue.

CHAPITRE 14

Les recherches se poursuivirent jusqu'au soir, sans qu'on parvienne à retrouver la fuyarde. Leclou ne pouvait pas se résigner à abandonner. Il l'avait vue de ses yeux ! Elle était là, peut-être à quelques mètres seulement, et on ne la trouvait pas.

Au même moment, chez Clothilde Sandret, Macha recueillait les confidences de la parfumeuse. Celle-ci avait fait à sa nouvelle amie une offre incroyable, inattendue. Une offre qui scellerait pour toujours leur amitié, et la complicité naturelle qui s'était établie entre elles très rapidement. Elle lui avait proposé, si cela l'intéressait, de devenir son assistante, le temps de refabriquer des échantillons du parfum antique.

— Moi ?! Votre assistante ? Mais, vous êtes sûre ? Je ne suis pas compétente, je vais faire des bêtises, vous freiner.
— Pas du tout. Je pense que vous avez suffisamment de passion et de rigueur pour m'apporter une aide dont j'ai grandement besoin en ce moment, autant moralement que matériellement. Je vous ai vue travailler, lorsque nous avons fabriqué cette essence de violette, toutes les deux. Vous êtes méticuleuse et très appliquée. C'est ce qu'il faut. Voyez-vous, je travaille presque toujours seule, et les préparations que je sous-traite aux services de mes donneurs d'ordre sont faites par des personnes que je ne rencontre presque jamais. J'ai envie de changer tout ça, je veux travailler différemment. Je veux partager, vous comprenez ?
— Je comprends très bien, et je suis absolument flattée. Mais je crains de vous décevoir.
— Ne vous inquiétez pas, j'ai bien réfléchi. Peut-être que le lieutenant Leclou retrouvera les échantillons volés, peut-être pas. Peu importe, j'ai envie de vivre des expériences

humaines, il est temps que je saisisse les chances que mon métier m'offre pour ça.

La créatrice avait usé de trésors de patience et d'arguments pour convaincre Macha. Elle voulait vraiment l'avoir pour collaboratrice.

— A nous deux, cela pourrait être bouclé en quelques semaines, tout au plus. Tous mes travaux sont répertoriés et il n'y a *plus qu'à* appliquer les formules pour obtenir les bons taux de concentration dans chacune des composantes du parfum. Nous pourrions limiter le nombre de variations. Il y a du travail, mais c'est faisable. Pensez-vous pouvoir rester tout ce temps ?
— Eh bien, je devrai rentrer en ville dans une semaine, pour voter, mais ce sera l'affaire d'un aller-retour…

Après avoir passé quelques appels téléphoniques, dont plusieurs au journal, Macha confirma qu'elle était partante. Le projet l'emballait, elle qui ne vivait que par les rencontres et les occasions d'apprendre et de découvrir. Celle-ci était unique ! Fabriquer un parfum, et pas n'importe lequel, auprès de l'un des plus grands nez du moment !

— Fantastique, Macha, vous me faites un plaisir immense ! Ce sera non seulement mon premier parfum indépendant, mais en plus, réalisé en équipe !

— Vous ne craignez pas de perdre votre temps, avec cette accusation de vol de la part du Yaman ? Peut-être allez-vous être obligée de tout abandonner.

— Vous avez entendu comme moi ce qu'ont dit mon ami Dexter, et les avocats ! Ils vont vérifier tous les documents contractuels, et ne lâcheront pas tant qu'ils n'auront pas prouvé la bonne foi de leur client. Je ne sais pas ce qui se passe du côté du Yaman, mais nous ne nous laisserons pas faire.

La force de caractère de Clothilde impressionnait beaucoup la journaliste. Macha était encore plus enthousiaste, elle avait envie de porter un peu du poids des difficultés de la parfumeuse, pour alléger et faciliter son chemin créatif. Elle était entièrement acquise à sa cause.

Après avoir passé la journée en distillations et macérations diverses d'écorces, de fleurs et de plantes, les deux femmes étaient installées ensemble sur la terrasse, pour un repos bien mérité devant une bonne tasse de thé. Il était déjà tard mais l'atmosphère était tellement douce qu'elles se sentaient paisibles, malgré la fatigue. Mondy était passé les voir dans la journée, afin de s'assurer qu'elles allaient bien. Il leur avait confirmé les dernières nouvelles de Milbès : on n'avait pas retrouvé le « voleur de nourriture », mais les chapardages avaient cessé. Très occupé, le vieux monsieur préparait pour le lendemain plusieurs rencontres locales avec deux des associations humanitaires auxquelles il appartenait. Ce soir, on entendait, provenant de chez lui, une douce musique aux notes classiques, qui apaisait les sens.

— Mondy est devenu un ami, depuis que je suis revenue ici. Quand j'étais enfant, il était « le voisin », le propriétaire, celui qui nous « prêtait » sa maison pour les vacances. Pour la petite fille que j'étais, il était déjà vieux, grand, il m'impressionnait un peu, avec ses grosses mains. Cela oscillait entre l'image du grand-père, et celle de l'ogre. C'est amusant comme on peut retrouver des gens, après de longues années, et dans un contexte différent, notre regard sur eux change alors totalement. Il est tellement actif, pour son âge ! Tellement engagé ! C'est incroyable d'être toujours capable de fournir autant d'énergie.

— Est-il conscient que de votre côté, vous êtes devenue l'une des plus fameux nez du pays ? Il doit être très fier, n'est-ce pas ?

— Je ne suis pas sûre que ce soit un domaine qui lui parle vraiment. Non pas qu'il ne soit pas sensible aux odeurs et aux fleurs, il a de très belles roses dans son jardin, dont il s'occupe à merveille. Mais le parfum, c'est quelque chose qui n'a pas d'écho chez tout le monde. Ici, à la campagne, on respire des odeurs fortes de nature du matin au soir, alors, le nez est éduqué différemment de quelqu'un de la ville. Mais ce n'est pas une généralité non plus.

— Et comment faites-vous lorsque vous décidez de composer un nouveau parfum ? Que prenez-vous en compte en tout premier lieu ?

— Bien souvent, c'est une commande et j'ai bien sûr un cahier des charges. Mais de plus en plus, on me laisse carte blanche et dans ce cas, c'est souvent une émotion qui me guide. Si je suis triste, le parfum ne sera pas le même que si je suis gaie. Mais heureusement, moi seule y décèlerai cette différence. Pas le client, qui le portera pour d'autres raisons. On crée, et ensuite, le produit ne nous appartient plus. Il appartient à celui qui se l'approprie, selon son vécu, son histoire, sa personnalité… C'est cela qui est merveilleux.

— Et dans le cas de votre propre parfum, celui que vous avez composé pour vous-même ?

— Là, c'est tout autre chose. J'y ai mis tout ce dont j'avais envie au moment où je l'ai créé. J'entends par là que les fragrances qui le composent me correspondent totalement en termes de force, de nuance, de couleur aromatique… Un parfum peut illustrer la personnalité de quelqu'un presque parfaitement, on peut dire qu'il « colle » à la personne, vous voyez ? Et il peut aussi combler des besoins, ou même des manques. On peut avoir besoin de douceur, ou au contraire, d'être réveillé, voire secoué, avec une odeur plus pénétrante. Je devrai en refaire un autre, un jour, qui collera mieux à celle que je suis maintenant.

— Vous est-il arrivé d'en créer d'autres pour une personne et elle seule ?

— Un parfum sur mesure ? Oui, cela se fait, mais ça coûte très cher. J'ai déjà composé un parfum unique pour un grand acteur chinois, et aussi pour un industriel qui voulait offrir un cadeau à sa femme pour ses trente ans, et pour un champion de tennis. C'est très intéressant, mais très stressant aussi, car il n'est pas question de se tromper, on n'a qu'une chance de plaire !

Après plus d'une heure d'échanges sur les différentes expériences de la journée passée à l'atelier, et l'organisation du travail pour le lendemain, la créatrice sembla soudain prise de tristesse. Son regard s'éteignit partiellement, puis une lueur apparut lorsqu'elle releva la tête vers sa partenaire de travail.

— Macha, vous êtes une personne vraiment unique, vous aussi.
— Oh, je vous en prie, Clothilde, c'est vous qui êtes unique. Je ne fais que profiter de votre hospitalité.
— Dites-moi, vous vivez seule ? Et ce lieutenant, n'est-il pas un peu amoureux de vous ? Il est tellement charmant, avec ce mélange de pudeur et de détermination…
— Amoureux de moi ? Mais non, il est marié, vous savez.
— Quel dommage ! Vous ne le laissez pas indifférent, cela se voit à l'œil nu.
— Non, vraiment, Clothilde, je vous assure… Mais, et vous ? Vous avez quelqu'un ?
— Non, moi non plus. Je n'ai jamais pu vraiment m'investir dans une relation forte. Je consacre tout mon temps à mon travail, et parfois, je me demande si ce n'est pas une erreur. Mais… en réalité, j'ai eu récemment une histoire.
— Oui ? C'est magnifique, alors.
— Malheureusement, non, car il est décédé.
— Oh, je suis désolée.
— C'était Martin Singh.

— Oh !

L'intuition de la journaliste se confirmait. Il lui avait bien semblé déceler des sentiments particuliers de la part de Clothilde envers le professeur de sciences. Voilà d'où lui venait cette tristesse soudaine, elle repensait à lui.

— Vous étiez amoureuse ?
— Je ne sais pas, ce fut trop court pour le savoir. Nous avons tout juste eu le temps de nous voir une dizaine de fois, dont la plupart avant qu'il se passe quoi que ce soit. Je ne peux pas dire que nous nous connaissions bien. Il était très différent du genre d'hommes que je rencontre habituellement, dans mon monde fermé. Mais c'est vrai que dès les premiers échanges, il s'est passé quelque chose. Il était très séduisant, lui aussi. Un regard noir vibrant, pétillant, des mains sensuelles, une démarche souple… A la bibliothèque de la ville, où nous nous croisions souvent, nous consultions parfois les mêmes ouvrages ! Il avait un abord facile, il était curieux et généreux, très ouvert. Un jour, il m'a proposé de m'offrir un café dans l'espace cafétéria, j'ai dit oui. La pause a duré deux heures ! Nous étions pourtant très mal installés, j'avais mal au

dos, j'avais un peu froid, mais je n'ai pas vu le temps passer. Il m'a parlé de son travail de professeur, de son projet de commerce d'épices. Je lui ai raconté ma recherche de myrrhe, sans lui révéler mon projet secret. J'avais déjà reçu quelques échantillons de divers « soi-disant producteurs », mais la qualité n'était pas suffisante. C'est là qu'il m'a dit qu'il devait repartir en voyage, et qu'il tenterait d'en trouver pour moi. Je voulais la résine la plus pure, je ne savais pas où chercher. Il a tenu parole, et il est venu en personne m'apporter la myrrhe à son retour, ici, à Milbès. C'était presque … chevaleresque, romantique. Il avait parcouru le monde pour me donner le précieux composant. Comme une preuve de son affection.

— Vous étiez déjà « ensemble » ?

— Non, nous nous sommes rapprochés juste à la fin de cette visite, avant qu'il ne reparte. Ça s'est passé comme ça, très naturellement. Nous avions discuté presque tout l'après-midi avec Mondy, que j'avais invité à déjeuner chez moi, justement pour ne pas rester seule avec Martin. Je ne sais pas, j'avais le pressentiment que cela arriverait, mais ça me faisait peur.

— Pourquoi aviez-vous peur ?

— Comme je vous le dis, un pressentiment. Je sentais l'attraction qu'il exerçait sur moi.

J'avais l'impression que ça ne pourrait pas durer entre nous. Trop de différences. Mais je n'imaginais pas quelque chose d'aussi horrible.

— Cela explique votre réaction vive, quand le lieutenant a parlé de cette femme dans le coffre de Martin. J'imagine que cela a été difficile à entendre, pour vous ?

— Pas difficile, impossible. Cette histoire ne colle pas du tout avec le personnage. Martin n'était pas du genre à avoir des comportements pareils, il était honnête, très attaché à une certaine droiture. Je pense qu'il ne voulait pas laisser penser quiconque qu'un Indien comme lui n'était pas digne de confiance, il voulait qu'on le considère sans a priori. Cette personne, je ne sais pas qui elle est, mais elle a dû monter elle-même dans le coffre, il n'y a pas d'autre possibilité.

Macha sentait que Clothilde avait réellement été très choquée de ce qui s'était passé, et qu'après une première réaction de protection, niant presque ses sentiments pour Singh, elle prenait peu à peu conscience du changement qui s'opérait en elle.

— Pensez-vous que votre besoin de travailler différemment puisse avoir un lien avec la mort de votre ami professeur ?
— Je ne m'étais pas posé cette question. Mais vous avez raison, Macha, j'ai peut-être minimisé le traumatisme de cette disparition brutale. J'ai voulu me convaincre que Martin était encore un inconnu pour moi, et que donc, je ne pouvais pas être très touchée par sa mort. J'ai essayé de m'en persuader. Pourtant, je n'ai pas hésité une seconde à me rendre à son enterrement, même si je n'y étais pas conviée, et que je ne connaissais personne, aucun de ses proches. La question ne s'est pas posée, je devais m'y rendre, c'était une évidence.
— Comment cela s'est-il passé, là-bas ? Je me souviens que lorsque nous nous sommes parlé en ville, après que je vous avais suivie, vous aviez l'air très affectée.
— Oui, c'était terrible. J'avais l'impression d'être dans un mauvais rêve. J'étais ici, au village, plongée dans mon travail passionnant, et tout d'un coup, tout basculait. Je me suis retrouvée là-bas, au cimetière, à l'écart de la cérémonie, car je n'osais pas m'approcher de peur qu'on me demande qui j'étais. Je regardais sans voir, j'écoutais sans entendre, je marchais sans comprendre. Je me sentais comme un imposteur. J'avais l'impression que rien

n'avait existé entre Singh et moi, et que je me trouvais là par erreur. Et en même temps, je prenais conscience que c'était fini, que je ne le reverrais plus jamais. J'ai fui avant la fin, je ne pouvais plus supporter. Tous ces gens étaient très tristes aussi, mais je ne les avais jamais vus, je ne pouvais pas partager ma peine avec eux. Lorsque je vous ai rencontrée, en ville, j'étais à la fois en colère après vous, et en même temps, de façon très étrange, j'étais soulagée que vous soyez là, parce que vous me rameniez à ma réalité professionnelle, à ma vie. Ça me faisait du bien. Vous voyez, je vous parle de toutes ces choses très intimes, alors que je vous connais depuis seulement quelques semaines, et je me rends compte combien c'est important d'exprimer ses doutes.

— Vous doutez de quoi ?

— Eh bien, par exemple, de ma capacité à être un jour heureuse avec un homme. Martin était peut-être l'homme parfait ! Et il est mort. Il est possible que je l'idéalise, maintenant, mais tout de même, je n'ai jamais ressenti des sensations aussi fortes aussi rapidement pour un homme. Plus les jours passent, et plus je me sens touchée.

— Il est peut-être simplement arrivé au bon moment.

— Oui, peut-être. Mais pourquoi, dans ce cas, est-il parti aussi vite ? Et puis, plus j'y pense, plus je prends conscience également que sa mort a quelque chose d'étrange. Je vois les choses avec plus de lucidité, en même temps. Je veux dire, cette femme dans son coffre, qui n'a pas de nom, pas de famille qui la réclame, qui est peut-être venue ici, entrée chez moi, juste au moment où le Yaman réfute la vente des droits pour le parfum... Et Martin qui voyageait dans la même région du monde, qui achetait des épices et de la myrrhe, indispensable pour le parfum antique... Les choses se bousculent par moments dans mon esprit comme un puzzle brouillon.

— Oui, bien sûr, tout paraît imbriqué, de près ou de loin, je vous comprends. C'est intrigant, et très déstabilisant. Ne vous inquiétez pas pour ça, le lieutenant Leclou est le meilleur, il va élucider tous ces mystères.

Macha se voulait rassurante, mais dans son esprit à elle, naissait peu à peu un autre scenario qu'elle préférait laisser dans un coin de son cerveau, mais auquel Lucien avait certainement déjà pensé. En effet, quel pouvait être le lien entre cette relation soudaine et inattendue -des mots même de Clothilde- avec Martin Singh, et ce qui se passait avec le parfum antique ? Elle n'osait se formuler pour elle-même le pire : et si le professeur de science avait agi par intérêt ? Quel intérêt exactement, elle ne le savait pas pour l'instant, mais s'il avait fait en sorte de séduire la parfumeuse pour pouvoir l'approcher et connaître ses secrets ? S'il travaillait pour le Yaman, ou pour quelque autre organisation ? Si cette jeune femme trouvée dans le coffre était sa maîtresse ?

Pendant que Clothilde se retirait dans sa chambre, la journaliste décida de joindre Lucien, pour en savoir plus sur l'action de la brigade locale.

— Macha ? Vous n'êtes pas couchée ?
— Vous non plus, à ce que je vois. Je n'ai pas trouvé votre voiture devant chez Aline Forais. Ça se passe mal ?
— Je l'ai vue, j'ai vu la « fille du coffre ».
— Vous l'avez retrouvée ?!
— Malheureusement, elle a réussi à s'échapper, encore une fois. Je finis par croire que j'ai vieilli, ou bien c'est elle qui est très forte.
— Vous allez la retrouver, elle ne peut pas être loin. Elle avait les essais de parfum avec elle ?
— C'était trop bref, je n'ai pas pu bien voir. Elle pouvait avoir glissé l'étui dans sa veste, ou l'avoir caché quelque part. Nous avons fouillé toute la ville. Je vais rentrer à Milbès, j'ai besoin de dormir. Pendant ce

temps, une autre équipe va prendre le relais, au cas où elle reparaîtrait.

— Vous savez, nous avions raison. Clothilde et Singh ont bien eu une aventure.

— Ah, ça, c'est une information qui pourrait avoir son importance.

— Je le crois aussi.

— Bonne nuit, Macha, à demain.

CHAPITRE 15

Le réveil tardif des deux amies, plongées au plus profond de leurs rêves parfumés dans les draps de coton anciens prêtés par Mondy, fut causé par la visite de ce dernier. S'il n'était pas venu sonner, elles auraient volontiers dormi jusqu'en début d'après-midi.

En robes de chambre, elles accueillirent néanmoins avec plaisir le voisin, venu les bras chargés de viennoiseries encore chaudes.

— Oh, mon dieu ! Nous allons nous régaler ! Macha, tu peux faire du café, s'il te plaît ? Je vais mettre la table dans le jardin.
— Bien sûr, Clothilde, festin pour tout le monde !

Le vieil homme était sur son trente-et-un.

— Que se passe-t-il, Mondy ? Il y a une cérémonie ?
— Presque. J'anime aujourd'hui un atelier sur l'égalité hommes-femmes dans la grande salle de la mairie. J'ai reçu l'autorisation d'organiser cette réunion exceptionnelle, qui regroupe deux associations auxquelles je suis très attaché. Je vous en avais parlé, Clothilde, il y a quelques semaines.
— Ah, oui ! C'est formidable ! En quoi va consister l'atelier ?
— Eh bien, nous menons depuis plusieurs mois une expérience sur le sujet, et aujourd'hui, nous allons recueillir les résultats des actions menées, donc c'est important.
— Quel genre d'expérience ?
— C'est tout simple : quinze couples membres de ces associations ont accepté de se porter volontaires. Ils ont reçu pour consigne d'échanger leurs rôles pendant ces quatre dernières semaines. Les femmes font les

tâches domestiques des hommes, et vice-versa.

— Vous voulez dire que si la femme fait habituellement les repas, c'est son mari qui s'y colle, et si c'est lui qui répare le grille-pain, c'est elle qui doit le faire ?

— C'est ça, et pour tout, toute la journée pendant quatre semaines.

— Que c'est drôle ! Voilà qui va en faire réfléchir certains.

— Ce n'est pas que drôle, croyez-moi. Certains ont même craqué.

— Vraiment ?

— Mais oui ! Un homme ne se rendait absolument pas compte que sa femme, une fois rentrée du travail, n'avait pas une seule minute pour elle avec toutes les tâches de la maison et le soin des petits. Après l'échange des rôles, lui-même était en surmenage après seulement deux semaines !

— Et j'imagine que c'est l'objectif de l'expérience ?

— Oui, mais attention, c'est parfois l'inverse qui se produit. Il y a des hommes qui prennent à leur charge beaucoup plus que leur femme, entre les activités des enfants, l'entretien du jardin, un travail très difficile, les tâches administratives du foyer… En fin de compte, on croit souvent faire plus que son conjoint, et on s'aperçoit que ce n'est pas toujours le cas. Les résultats sont à modérer cependant, puisqu'on a affaire à des volontaires et donc, des gens qui ont l'ouverture d'esprit suffisante, la volonté de ne pas se cacher la réalité. L'expérience leur servira au sein de leur foyer, c'est certain, mais nous les utiliseront aussi pour nourrir nos arguments lors des conférences et communications diverses utilisées par les associations.

— C'est très intéressant. Malheureusement, Macha et moi ne sommes pas encore concernées !

Elles rirent en chœur, il valait mieux prendre les choses avec humour.

— Vous savez, on croit souvent que notre pays est avancé dans ce domaine, mais on s'aperçoit très vite que ce n'est pas vraiment le cas, malgré les apparences. Si vous voulez, vous pouvez assister à la fin de la réunion, c'est ouvert à tous à partir de onze heures. Nous reprendrons tous les thèmes évoqués, les difficultés et les conclusions, de façon anonyme, bien sûr.

— Pourquoi pas ? Nous pourrons apprendre des choses. Et on serait prêtes, pour le jour où nous serons en couple. N'est-ce pas, Macha ? Et puis, cela nous fera une pause.

— Très bonne idée.

Après un copieux petit déjeuner, et le départ de Mondy, les deux amies se mirent aussitôt au travail. Pour commencer la journée, il y avait plusieurs matières premières d'exception à peser au gramme près pour les préparer au traitement qu'elles subiraient ensuite.

— Mais pour la myrrhe, Clothilde, comment allons-nous faire ?
— Eh bien, j'espère que nous en aurons suffisamment avec ce qu'il me reste. Il va falloir être très rigoureuses. Sinon, nous devrons en chercher de nouveau.

Une ombre passa dans le regard de la parfumeuse. Voilà que la myrrhe la ramenait encore une fois à Martin Singh. Macha se demanda si dans l'esprit de son amie, la possibilité que le professeur ne soit pas mort accidentellement avait fait son chemin. Elle ne semblait pas vraiment y penser, et peut-être que l'idée même la rebutait trop pour qu'elle l'envisage. Cette histoire avec le Yaman, et les accusations de vol, inquiétaient la journaliste. En ces temps d'élection, et avec toutes les tensions qui traversaient le pays, les esprits étaient déjà bien échauffés et la police suffisamment mobilisée sur des conflits internes, pour en rajouter. Heureusement que personne ou presque ne savait où se trouvait la créatrice, en ce moment.

Vers la fin de la matinée, elles décidèrent de sortir un peu de leur antre, pour aller jeter un œil à cette fameuse réunion. Elles étaient tout de même curieuses de savoir quelles seraient les conclusions de l'expérience dirigée par Mondy. Et puis, elles trouvaient cela très distrayant.

Dans la cour de la mairie, un écriteau reprenait effectivement le nom des deux associations, et indiquait d'une flèche l'endroit où se déroulait l'évènement. Elles s'engagèrent dans un passage couvert, et soudain, croisèrent une vieille dame qui venait dans l'autre sens. Elles la saluèrent poliment, et quelques secondes plus tard, entendirent appeler.

— Clothilde !

La parfumeuse n'osa pas se retourner. Pour tout le monde, ici, elle était Florence, et pas Clothilde.

— Clothilde !?

Elle fut obligée de regarder qui l'appelait comme ça. C'était la vieille dame, qui s'était arrêtée un peu plus loin. Clothilde savait qui elle était. Cette femme avait été surveillante d'activités parascolaires, plusieurs années avant, lorsque toute la famille venait à Milbès en vacances, et inscrivait les enfants aux activités du village. La parfumeuse l'avait très bien reconnue dès le premier jour à son retour, mais elle avait constaté que cela n'était pas réciproque, et que, d'une façon générale, personne ici ne la reconnaissait. En effet, petite, elle portait les cheveux très longs, et ils étaient blond vénitien. A présent, ils étaient coupés au carré, et avaient viré au châtain. De plus, de grandes lunettes d'écailles débordaient sur son front et ses joues, ce qui cachait plus ou moins ses traits toujours fins. Pourtant, cette dame l'avait reconnue.

— Madame ?
— Vous êtes bien Clothilde, n'est-ce pas ? Clothilde Sandret ! La petite des vacanciers, qui aimait tant les tartes aux fruits rouges. Je me souviens de vous, je veillais toujours à vous faire attacher votre serviette autour du cou pour le goûter, avant que vos jolis vêtements soient couverts de taches ! C'est bien vous ? Je suis madame Flanech, la surveillante ! Mais oui ! C'est vous ! Je ne vous avais pas reconnue, l'autre fois. Vous êtes ici depuis déjà un petit moment, non ? On ne vous voit pas beaucoup. Vous vous

installez au village ? J'ai appris que vous étiez devenue une parfumeuse renommée ! C'est formidable ! Félicitations ! Mais pourquoi vous appelle-t-on Florence, alors ?

La créatrice se sentait à la fois touchée et prise sur le fait. Les souvenirs revenaient par vagues à son esprit, la remuant de l'intérieur. Elle s'avança, pour pouvoir parler plus discrètement. Déjà, des yeux étaient apparus aux fenêtres de la mairie, attirés par les intonations aigues de la voix de la dame.

— Madame Flanech ! Venez, je vais vous accompagner en marchant.
— Mais, vous n'alliez pas par là-bas ?
— Euh… Non, nous repartions. Je vous présente mon assistante, Macha.
— Bonjour, Mademoiselle !

Clothilde entraîna la dame vers la rue. Il n'y avait personne, elles étaient plus tranquilles.

Elle lui confirma qu'elle était bien celle qu'elle croyait. Il était inutile de nier car Madame Flanech aurait trouvé cela suspect, et sûrement aurait-elle couru en parler à d'autres personnes afin d'avoir leur avis, ce qui aurait créé un mouvement général de curiosité vers la parfumeuse. Exactement ce qu'elle ne voulait pas. Cependant, comme elle l'avait déjà dit à Macha, il était peut-être temps de se révéler. La journaliste, elle, n'était pas dans la même dynamique. Elle pensait que le moment n'était pas propice. Mais comment se tirer d'affaire pour l'instant ?

La jeune femme décida de prendre les devants, avant que Clothilde n'ait pu dire un seul mot de plus.

— Ecoutez, Madame Flanech, nous sommes ici au village pour préparer une surprise.
— Une surprise ?
— Oui, c'est pour cela que Clothilde a changé de prénom. Sinon, ça ne pourrait pas fonctionner. Il ne faut rien dire, vous comprenez ?
— Mais, pour qui, cette surprise ?

Clothilde, qui avait bien compris le stratagème, prit le relais aussitôt.

— C'est pour tout le village. Mais vous savez que vous êtes la seule à m'avoir reconnue !? C'est très fort, tout de même, je suis tellement touchée, Madame Flanech. Et j'ai tant de bons souvenirs avec vous, si vous saviez.

— Oh ! Que vous êtes mignonne ! C'est adorable !

La dame était flattée. Toute vieille qu'elle était, elle avait assez de mémoire pour se rappeler une personne qu'elle n'avait pourtant pas vue depuis plus de vingt ans, et la reconnaître. Elle était même émue de retrouver l'une de ses protégées, devenue si célèbre. Elle se confondit en félicitations, remerciements, et autres sentiments confus, et promit de ne révéler le secret à personne, tant que la surprise n'était pas prête.

Lorsque Macha et Clothilde retrouvèrent leur liberté, la veille dame ayant décidé de lâcher enfin leurs mains, elles soufflèrent.

— Eh bien ! Que d'émotions !
— Cette dame a l'œil, tout de même ! Et elle vous apprécie.
— Oui, je dois dire que c'est très sympathique, Macha. Je ne voulais pas lui mentir, mais j'ai compris, lorsque vous avez trouvé cette excuse de surprise, où vous vouliez en venir. Vous pensez qu'il est préférable que je reste anonyme encore quelque temps ?
— Je crois que c'est mieux en effet. Nous en sommes quittes pour trouver une vraie

surprise à faire aux gens du village, maintenant !

Voilà qui ne manquait pas de piquant. Effectivement, il n'était pas envisageable de décevoir Madame Flanech. C'était le prix à payer pour la tranquillité. Elles pouvaient maintenant rebrousser chemin et se rendre à la réunion de Mondy.

Heureusement, l'évènement n'était pas encore terminé. Les deux amies parvinrent à se faufiler dans la salle sans trop se faire remarquer, et à s'installer tout au fond. Elles se sentaient un peu comme deux écolières retardataires et habituées des punitions.

Mondy présentait de façon très professionnelle, sur une projection murale dernier cri, les résultats de l'expérience.

— Voilà, je passe à présent au bilan large. Comme vous pouvez le constater, sur quinze couples, deux femmes seulement ont été à l'initiative de l'abandon de l'expérience avant la fin, soit deux fois et demie moins que d'hommes. Les autres ont tenu le coup jusqu'à la dernière heure.

Il y eut des applaudissements.

— Mais je dois retenir la contestation de certains de leurs partenaires, qui ont fait remarquer que, la saison pendant laquelle s'est tenue l'expérience étant moyenne à pauvre en termes de travaux extérieurs, les femmes n'avaient pas eu la pleine mesure du travail à réaliser. Nous avons donc modéré en conséquence.

Encore des applaudissements, des hommes, cette fois. Et quelques huées des femmes. L'ambiance ne faiblissait pas.

— Ensuite, les femmes ont relevé en moyenne un temps libre supérieur de quinze pour cent par jour lorsqu'elles remplacent les hommes, par rapport à leur emploi du temps d'avant. Ces données ont été vérifiées par nos contrôleurs, sur la base d'un suivi strict et régulier.

Cri d'admiration des femmes.

— En revanche, les hommes ont indiqué pour quarante-trois pour cent d'entre eux avoir eu l'impression d'être bien occupés, mais soulagés d'être délestés des travaux lourds. Soixante-deux pour cent des femmes ont eu, quant à elles, du mal à effectuer certains de ces mêmes travaux. Pour ce qui est des tâches « préférées » des uns et des autres, les femmes ont aimé : chercher à réparer un ustensile ménager (même lorsqu'elles n'y sont pas parvenues), emmener les enfants à leurs activités, tailler des arbustes, laver la voiture. Les hommes ont aimé : réveiller les enfants, leur préparer le goûter, faire de la pâtisserie, repasser les chemises.

Il y eut un petit temps d'attente, pendant que Mondy remettait de l'ordre dans ses fiches.

— Voyons maintenant les conclusions que chaque couple en a tirées. De façon anonyme, nous avons repris sur ce tableau tous les éléments relevés auprès des participants. Ces déclarations ont été faites en l'absence du ou de la partenaire, afin de ne pas être influencé. Si nous regroupons ces conclusions en catégories, voici ce que nous obtenons : sur quinze couples, dont huit seulement ont réussi à mener à bout l'expérience, trois ont décidé de modifier en profondeur la répartition des tâches à la maison à partir de maintenant. C'est-à-dire que l'homme s'engage à prendre à sa charge quatre tâches domestiques qu'il ne faisait pas auparavant. De son côté, la femme s'engage à être patiente et à l'écoute lorsque son conjoint ne fera pas ces tâches exactement de la façon qu'elle attend.

Applaudissements de toutes parts.

— Pour quatre autres couples, parmi ceux restants, ils admettent qu'ils ne veulent pas changer leurs habitudes, ou qu'il leur faudra plus de temps pour le faire. Ils considèrent que, finalement, ce n'est pas si déséquilibré entre la fréquence et la pénibilité des tâches, et qu'ils sont plutôt satisfaits de leur organisation. Ils restent ouverts à de menus échanges ponctuellement, lorsque la situation s'y prêtera. Certains de ces hommes, qui, par exemple, ne vidaient jamais le lave-vaisselle, ne s'opposent pas à le faire à l'occasion. A présent, nous allons voir quels outils sont proposés pour mettre en place ces changements de façon à obtenir un taux de succès supérieur à soixante pour cent. En effet, d'autres expériences similaires ont conduit à des résultats inférieurs à ce taux, ce qui nous paraît dommage. Au bout d'un moment qui va de six à vingt-deux semaines, on se lasse et on revient en arrière. L'égalité des tâches domestiques mérite le plus grand investissement de chacun, si l'on veut que les choses changent.

Mondy tenait son rôle à merveille. Ses deux voisines et locataires étaient admiratives.

CHAPITRE 16

— Allo ? Fauquet ? Alors, quoi de neuf ?

— C'est vous, lieutenant ? Vous avez retrouvé la fille ?

— Les équipes sur place continuent de la chercher. Elle ne devrait pas pouvoir nous échapper. Je vais les laisser faire, il faut que je rentre.

— Oui, le capitaine vous réclame. D'autant qu'il s'est passé des choses, ici. D'abord, on a retrouvé la voiture bleue. Malheureusement, pas de trace des conducteurs, bien sûr. Elle était abandonnée dans un terrain vague, un peu amochée. Rien à l'intérieur.

— Zut !

— Oui, on va faire des analyses, mais…

— Je vois, on a peu de chance de retrouver le voleur. Et quoi d'autre ?

— Un témoin s'est présenté au commissariat. Il assure avoir pris en stop une jeune femme à la sortie de la ville, et l'avoir conduite jusqu'à un village sur la route de Milbès.

— Vraiment ? Il a identifié la « fille du coffre » ? Elle était seule ?

— Absolument. Et les dates correspondent, c'était deux jours après sa disparition de l'hôpital.

— Cela permettrait de confirmer qu'elle n'a pas fui avec un complice, et qu'elle est arrivée au village par ses propres moyens, par la route. Très intéressant. C'est tout ?

— Eh bien, figurez-vous que l'appartement de Singh a été visité !

— Comment ça ?

— Lorsque les agents sont retournés chez lui, pour enlever les scellés et remettre les lieux à disposition, ils ont constaté que quelqu'un était entré. Tout était retourné, à l'intérieur, on avait tout fouillé.

— Ils ont volé des objets ?

— On ne sait pas encore. La famille va arriver, ils vont vérifier s'il manque quelque chose.

— Ça peut très bien être de simples opportunistes, qui ont vu l'appartement sans surveillance. Mais j'en doute. Quand est-ce arrivé ?
— Probablement il y a huit jours. Les voisins ont entendu du bruit pendant la nuit. Ils n'ont pas voulu se risquer dans le couloir, ils ont pensé qu'un locataire faisait une crise d'insomnie ou avait abusé de la bouteille.

Cette information donnait à réfléchir. Qui avait pu faire ça, et surtout, pourquoi ? Si, comme Leclou l'envisageait maintenant, Singh était mêlé à une histoire de trafic ou de chantage en lien avec le Yaman, on pouvait imaginer qu'il avait des ennemis curieux de trouver des informations chez lui. Mais ses complices pouvaient également chercher à détruire des preuves. Et si c'était « la fille du coffre », qui était toujours en ville dix jours plus tôt, et avait commis cette infraction ? On savait maintenant qu'on avait affaire à une personne sans scrupules, résistante et pleine de ressources pour s'échapper et jouer au chat et à la souris.

— Lieutenant ? Vous êtes toujours là ?
— Oui, Fauquet, autre chose ?
— J'ai le rapport sur l'homme que vous m'avez demandé de pister. Dexter Feldman. Vous voulez que je vous le lise ?

— Allez-y.

— Il est d'origine américaine, installé ici depuis plus de vingt ans. C'est une pointure dans le milieu de la parfumerie. Un créateur de génie, paraît-il. Mais quand vous voyez la liste des noms de parfum qu'il a mis au point, vous comprenez pourquoi. Que des noms connus, du genre qu'on achète une fois l'an pour une grande occasion, distribués dans le monde entier. Il a gagné des millions, le gars est très très riche. Il vit toujours en voyage, il est invité partout. Il ne rencontre que des gens de son milieu, il n'a pas le temps pour le reste. Il n'y a que pour son sport quotidien, qu'il prend sur son temps de travail.

— Il est marié ?

— Pas marié, mais bien accompagné, c'est sûr, et plutôt fidèle, en réalité. En revanche, ça fait bien cinq ans qu'il n'a rien créé de nouveau, et dans son entourage professionnel, on a l'air de s'inquiéter un peu. Il paraît qu'il aurait eu une maladie qui a affecté son odorat.

— C'est pourtant lui qui a décortiqué les résidus de parfum antique pour Clothilde Sandret. Ce doit être des ragots. Ou bien alors, ces analyses datent de plus longtemps que je pensais. Vérifiez, s'il vous plaît, Fauquet.

— Très bien. Sinon, il était bien à New York, invité comme d'habitude en tant que formateur et directeur d'un projet international. Les organisateurs ont décidé d'une pause pour des questions techniques, et il a choisi de rentrer effectivement pour quelques jours, à cette occasion, avec sa compagne. Il a tenté de joindre Madame Sandret plusieurs fois, est allée chez elle, ne l'a pas trouvée, l'a eu finalement au téléphone. Depuis lors, il a changé de comportement. Il ne sort plus courir le matin, reste chez lui la plus grande partie de la journée, semble extrêmement affecté, fatigué. Notre équipe surveille ses faits et gestes du matin au soir.
— Est-ce qu'il a vu des gens ?
— A part sa femme et quelques amis proches, non, personne.
— Est-ce qu'il pourrait être celui qui a fouillé chez Singh ?
— D'après son emploi du temps, j'ai vérifié, non. Il était chez lui, la nuit présumée du cambriolage.
— Mais il a pu commanditer ce travail. Vous avez très bien fait de mettre une surveillance, continuez et prévenez-moi s'il repart.
— Bien, lieutenant.

Evidemment, les menaces du Yaman devaient être pour beaucoup dans la baisse de moral de Feldman et son changement de comportement, si elles étaient réelles. Mais Leclou se méfiait toujours de l'homme et de son implication dans le vol des essais de Clothilde. Il avait pu inventer tout ça, pour intimider la parfumeuse et l'obliger à abandonner son projet, ou à lui céder ses recherches… Et s'il était de mèche avec Singh ? Par ailleurs, quelqu'un qui est sûr de lui et de ses actes, qui sait qu'il n'a rien à craindre, ne se laisse pas déstabiliser si vite. Surtout une personne de cette stature.

Le lieutenant rangeait ses affaires personnelles, dans la chambre d'hôtes d'Aline Forais. Il était revenu quelques heures plus tôt, harassé, était tombé sur son lit, et avait dormi suffisamment pour se remettre en route. A présent, il lui restait à passer voir Clothilde et Macha, afin de leur dire au revoir, et à rentrer. Lorsqu'il quitta sa chambre, il tomba dans l'escalier sur le couple qui avait conduit la fugitive à la gare. Ils lui jetèrent un coup d'œil interrogateur, auquel il répondit par la négative. Non, il ne l'avait pas attrapée, et il comptait toujours sur leur discrétion. D'ailleurs, puisqu'ils étaient au courant, si jamais ils apercevaient la « fille » pendant leur séjour, ils étaient priés d'appeler le commissariat immédiatement.

Dans la maison occupée par Clothilde et Macha, les discussions allaient bon train. Le sujet principal en était la réunion à laquelle elles venaient d'assister partiellement. L'une et l'autre pensaient que ce qu'elles venaient de voir aurait mérité d'être filmé, puis diffusé largement comme témoignage auprès des lycéens, étudiants, mais également pour le grand public.

L'arrivée du lieutenant interrompit leur enthousiasme.

— Vous nous quittez, Lucien… Vous allez bien prendre un thé avec nous, quand même ?
— Je n'ai malheureusement pas le temps. Je voulais seulement vous saluer avant de partir.
— Qu'allez-vous faire, pour la fugitive ?
— Les équipes locales vont continuer de la chercher. Appelez-moi à la moindre alerte, je reste sur l'affaire jusqu'à ce qu'on la retrouve. Elle va peut-être essayer de vous contacter, pour vous faire du chantage ou je ne sais quoi. Faites passer le message à Mondy, s'il vous plaît.

Leclou salua chaleureusement les deux amies, et leur recommanda de rester toujours ensemble pendant les prochains jours.

— Ne vous inquiétez pas, nous saurons être vigilantes et de toute façon, nous avons du travail, ici. Nous n'allons pas sortir beaucoup. Bonne chance, lieutenant.

En ville, l'ambiance était toute différente. Finis les petits oiseaux piailleurs, les bonnes odeurs d'herbe coupée et de fleurs des champs, et les grandes étendues agricoles. Ça sentait l'effervescence de la vie pressée, et aussi, l'imminence des élections. Retrouver cette atmosphère tendue n'était pas vraiment un plaisir.

Leclou passa au commissariat pour voir Fauquet. Il voulait savoir s'il avait des nouvelles, concernant la surveillance de Dexter Feldman, et si les bruits qui couraient autour de sa perte d'odorat étaient confirmés.

— Il semble qu'en effet, le parfumeur ait été atteint d'une allergie assez grave, il y a quelques semaines, qui a affecté son odorat.
— Une allergie ?
— Oui, à cause d'un détergent utilisé par erreur par une femme de ménage remplaçante, ou quelque chose comme ça. Ces gens sont sensibles à tout, ils fuient les agressions chimiques, la pauvre a dû perdre sa place. Mais les représentants légaux de Feldman

disent qu'il s'est remis, et démentent formellement qu'il a perdu ses capacités à créer. Ils défendent leur client becs et ongles et deviennent agressifs si l'on touche à son … attribut.

— C'est compréhensible. Lorsqu'on est doté d'un trésor pareil à la naissance…

Le téléphone sonna. C'était l'équipe chargée de surveiller le créateur depuis le pied de son immeuble, situé dans le quartier résidentiel le plus huppé de la ville. Il s'était enfin passé quelque chose, après plusieurs jours de garde ennuyeuse. Leclou était tout ouïe.

— Lieutenant, nous étions, comme vous l'avez demandé, à l'affût, dans le petit parc qui permet une vue directe sur les fenêtres de Feldman, lorsque nous avons constaté une agitation soudaine. Trois hommes ont essayé de pénétrer chez lui par la force.

— Il y a des blessés ?

— Heureusement, non. Nous avons appelé des renforts, puis nous nous sommes précipités, mon collègue et moi, et nous avons pu maîtriser les individus sans qu'il y ait de blessés. Ils sont en route pour le commissariat, ils arrivent.

Cette agression avait-elle un rapport avec le changement d'attitude de Feldman, ou même avec les menaces dont il disait avoir été victime concernant les droits de reproduction du parfum antique ? Le lieutenant n'allait pas tarder à le savoir.

Le capitaine Martin lui aussi, voulait connaître les détails et l'avancée de l'affaire. Il débarqua sans prévenir.

— Lieutenant ! Vous avez eu du flair, de faire surveiller ce parfumeur ! Encore un peu et on se retrouvait avec un nouveau problème sur les bras. Comme si on n'avait pas assez à faire avec les élections.
— Merci, capitaine.
— Et cette fille, celle de l'accident ? Elle est où ?
— Justement, on ne l'a pas encore arrêtée.
— Mais dites-moi, c'est un fantôme ? Ou la « fille de l'air » ? En tout cas, si vous l'attrapez et qu'elle veut un jour entrer dans la police, je la prends !

Le capitaine ne plaisantait pas si souvent, et cela signifiait qu'il était plutôt de bonne humeur. Mais il ne fallait pas s'y tromper, il ne lâcherait pas son lieutenant tant qu'il n'aurait pas accompli sa mission.

Le fourgon se gara devant le commissariat. Leclou observait par la fenêtre. Il vit d'abord sortir trois hommes, les mains attachées, la tête basse, que l'on conduisit à l'intérieur rapidement. Puis, une voiture arriva, et un homme accompagné de deux femmes en descendit. Il portait un pardessus et un pantalon à carreaux, très stylés.

— C'est Feldman, lieutenant. Avec sa compagne, et une employée de maison.
— Elles étaient là, au moment de l'agression ?
— Oui. Elles ont été très choquées, mais ça va. Elles veulent témoigner aussi.
— Je voudrais voir le parfumeur seul, en premier. Vous pouvez me l'amener, Fauquet ?
— Bien, lieutenant. Je le fais venir dans votre bureau.

Leclou le salua, le fit asseoir et lui offrit un café.

— J'aurais plutôt besoin d'un bon remontant.
— Je n'ai pas ça, désolé. Vous pouvez me raconter ce qui s'est passé, Monsieur ?

L'homme, sous ses habits très chic, accusait le coup. Il n'avait visiblement pas l'habitude de faire face à de telles situations. Gâté par la vie, il devait être plus souvent bien accueilli partout, admiré, courtisé. Mais son profil n'était pas si clair, il y avait des zones d'ombre, et notamment, la concordance entre son retour de New York et le vol des essais de Madame Sandret, suivi comme par hasard par les « menaces ».

— Vous avez besoin d'un peu de temps ?
— Non, ça va aller. J'étais chez moi, avec ma femme. Nous regardions un film, et la femme de ménage était à côté, dans la salle de bain. Tout d'un coup, on a frappé à la porte. On n'attendait personne, alors on a demandé à Stéphany -la femme de ménage, d'aller voir qui c'était. Mais lorsqu'elle a ouvert, on a entendu des cris, des coups sur les murs, beaucoup de bruit, et des voix d'hommes qui ont demandé après moi. Bien sûr, nous nous sommes levés, ma compagne et moi, et nous sommes allés vers l'entrée. Ils étaient déjà dans le couloir, devant nous. Les trois hommes. Nous avons eu peur. Stéphany était par terre, elle criait. Et puis, ils se sont avancés, ils ont attrapé le bras de ma femme, et là, vos collègues ont débarqué. Heureusement. Je ne les remercierai jamais assez. Les hommes ont essayé de leur rentrer dedans, mais la surprise n'était pas en leur faveur. Les policiers ont eu le dessus, ils les ont

immobilisés, et nous les avons aidés. Voilà. Quelle frayeur…

— Bon. Vous avez une idée de qui ils sont, et ce qu'ils voulaient ?

— Absolument pas. Ils n'ont pas eu le temps de nous le dire.

— Vous n'avez pas de problèmes, en ce moment ? Rien qui vous tracasse ?

— J'ai quelques problèmes, mais je ne vois pas le rapport avec ça. Des cambrioleurs bien organisés, sans doute.

— Vous pouvez me parler de ces problèmes ?

— Eh bien, je ne sais pas si vous avez le temps, c'est très compliqué.

— J'ai le temps, je suis là pour ça.

Feldman essayait-il d'échapper au lieutenant, ou pensait-il vraiment qu'il ne pouvait pas y avoir de rapport entre ce qui venait d'arriver, et les menaces dont il avait fait l'objet tout récemment ? Le choc avait pu le secouer encore plus qu'il ne le pensait, ou bien, il jouait la comédie.

Leclou s'enfonça bien visiblement dans son fauteuil, pour montrer qu'il attendait la suite, et qu'il y passerait le temps qu'il faudrait.

— Je vous écoute.

— Bon. Je suis parfumeur. J'invente et je crée des parfums, vous voyez ?
— Je vois très bien.
— Ah. Il y a quelques temps, j'ai reçu un appel très étrange, et un peu effrayant. Un homme avec un fort accent, m'a dit qu'il ne s'agissait pas d'une plaisanterie, que j'avais volé un trésor national, et que je devais le rendre, sinon, il s'en prendrait à moi et à ma famille.
— Que vous accuse-t-on d'avoir volé ?
— J'ai acheté à un pays du continent africain un ensemble de documents et de reliques, ou plutôt, j'en ai acheté l'exploitation. Ces biens, ce qu'il appelle « trésors », et qui le sont, il m'a accusé de les avoir volés au Yaman. Mais c'est faux, bien sûr, je les ai achetés. L'affaire est aux mains de mes avocats.
— Alors, vous n'avez pas de souci à vous faire.
— Bien sûr. Mais ce sont des affaires qui peuvent durer des années, en termes de bataille juridique. Et ceci même si nous avons tous les contrats et les justificatifs qui prouvent que j'ai acheté ces droits.
— Et cela vous cause du souci ? Vous vouliez faire quoi, avec ces droits ?
— Je les ai revendus. Et la personne qui les achetés, très cher, avait commencé à travailler sur une reconstitution du parfum antique du Yaman. Vous voyez, c'est

quelque chose d'unique, irremplaçable. Une première, un évènement. Tout risque d'être bloqué à cause de ces personnes. Et ma réputation est en jeu, car mon nom risque d'être cité et sali. Sans parler des tensions diplomatiques que cela peut entraîner entre les deux pays.

CHAPITRE 17

Le lieutenant laissa quelques secondes de répit au parfumeur. Il n'avait pas mentionné le vol de l'étui, alors qu'il était au courant par Clothilde elle-même. Oubli ou omission volontaire ?

— Monsieur Feldman, avez-vous d'autres choses qui vous tracassent ?
— Non, pas vraiment, je ne vois pas. Comme tout le monde.
— Vous êtes en parfaite santé ?
— Absolument. Pourquoi me demandez-vous ça ?

— Vous n'avez jamais d'allergies ?

— Des allergies ? J'ai eu récemment une petite allergie, mais heureusement, sans gravité. Je suis très bien remis. Mais…

— Pourquoi avez-vous revendu ces droits ? Pourquoi les avoir achetés, si c'était pour ne pas les exploiter vous-même ?

— Lorsque j'ai eu connaissance de l'existence de reliques, de restes de parfum datant de l'Antiquité, et parfaitement exploitables, en plus des archives qui sont déjà de très bonnes indications sur la façon de fabriquer les parfums de l'époque, j'ai eu un coup de foudre.

— Un coup de foudre ?

— Oui. Je me suis dit que je ne pouvais pas laisser passer ça. J'ai tout de suite imaginé la possibilité de reconstituer, de recréer ce parfum. Ça m'est apparu comme un rêve. Rendez-vous compte ! Respirer l'odeur du parfum réservé pendant l'Antiquité aux rois du Yaman ! Mais on n'imagine pas le travail que peut représenter une réalisation pareille, surtout dans un domaine aussi précis et exigeant que le nôtre. J'ai effectué la première étape moi-même : j'ai analysé les reliques, et défini la composition exacte du parfum. Mais ensuite, mon travail déjà très prenant m'a rattrapé. Les étapes suivantes, qui consistaient en la recherche des ingrédients -plus d'une trentaine, puis la préparation elle-même, m'ont paru trop imposantes. C'est un projet que l'on ne peut pas sous-traiter, c'est trop délicat, trop précieux, et aussi trop confidentiel. Surtout qu'il y a toujours un risque d'échec, bien sûr. Je suis sollicité presque sept jours sur sept. Je suis en déplacement plus de trois cents jours par an, je ne pouvais pas consacrer le temps nécessaire, même pour ce rêve. En revanche, il était possible de ne pas renoncer totalement, en le confiant à une spécialiste de mes amies. La plus douée.

— Clothilde Sandret ?

— Vous connaissez Clothilde ?

— Et vous, vous la connaissez ?

— Clothilde est une amie très chère, et une collègue de talent. C'est pour cela que je l'ai choisie pour ce projet. D'ailleurs, je n'ai pas eu à la pousser, elle aussi avait eu cette idée. C'est elle qui m'a proposé de me racheter les droits.

— Cela ne vous a pas gêné de renoncer à une telle perspective de succès, avec toute la publicité et les retombées positives sur votre renommée ?

— Puisque je vous dis que je n'avais pas le temps de réaliser ce projet phénoménal ! Elle seule, le pouvait. Elle voulait faire une pause, depuis longtemps déjà. Elle m'en parlait souvent. C'était le moment idéal pour elle. D'ailleurs, elle a bien avancé, et c'est ce qui me tracasse tant. Avec toute cette histoire, elle ne va pas pouvoir aller jusqu'au bout, elle a perdu son temps. Tiens ! D'ailleurs, elle m'a dit qu'on lui avait volé ses essais ! J'avais presque oublié, avec tout ça.

Le parfumeur semblait sincère, mais il restait tout de même des questions à lui poser.

— Est-ce que je peux voir ma femme, maintenant ?
— Dans un instant, monsieur. Une dernière chose. Connaissez-vous un certain Martin Singh ?

Le lieutenant crut déceler une gêne dans le regard jusque-là innocent de son interlocuteur, qui pâlit.

— Monsieur Feldman ? Vous vous sentez bien ?
— Oui, ça va.
— Vous pouvez répondre à ma question ?
— Je crois que je ne le connais pas, non.
— Vous ne le connaissez pas de vue, ou vous ne le connaissez pas du tout ?

— Je ne le connais pas. Je ne sais pas, j'en ai peut-être déjà entendu parler. Qui est-ce ?

— C'est un professeur de science. Peut-être votre amie Clothilde Sandret vous en a-t-elle parlé ?

— Ah ! C'est peut-être ça, oui.

— Vous savez qu'il est mort ?

— Ah, non, je ne savais pas. Il n'y a pas de raison que je le sache, n'est-ce pas ?

— Et que son appartement a été récemment cambriolé ?

— On a cambriolé un mort ?

— Oui, c'est ça. C'est affreux, n'est-ce pas ?

Feldman ne disait plus rien. Il avait l'air vidé.

— Je pense que c'est vous, Monsieur Feldman, qui avez envoyé quelqu'un pour fouiller son appartement.

Deux jours plus tard, au village, bien loin de là, Macha et Clothilde levaient la tête de leurs paillasses après plus de six heures de préparations oléagineuses et florales d'affilée. La veille, la jeune journaliste était partie voter en ville, mobilisant le temps de l'aller-retour. Mais elle était tellement prise dans sa nouvelle aventure partagée avec la créatrice, qu'elle était revenue en toute hâte la retrouver sans prendre le temps de passer chez elle, ni au journal. Chaque heure perdue retardait le projet. Et même à l'annonce des résultats du premier tour des présidentielles, le soir, les deux femmes n'avaient jeté qu'un coup d'œil rapide aux informations. Peu de surprise, c'était le parti de l'ancien président qui était en tête, ce qui avait déclenché en ville une série de contestations diverses et parfois, violentes. Mais à Milbès, heureusement, l'on pouvait se préserver de tout ça. A condition, en tout cas, d'éviter momentanément le café, la mairie, et la place de l'école, autant de lieux qui concentraient des échanges parfois houleux entre les habitants.

— Je n'en peux plus, Macha. On arrête ! Vous n'avez pas faim ?
— Une faim d'ogre.
— Alors, nous allons faire un dîner d'ogre ! Venez, j'ai acheté une côte de bœuf dont vous me direz des nouvelles, nous allons la faire au feu de cheminée. Et avec ça, des pâtes à volonté, et du bon vin ! Qu'en dites-vous ?
— Je salive.

Elles se mirent aussitôt aux fourneaux. Faire à manger ensemble était devenu au fil des jours une sorte de rituel, l'occasion de délaisser un peu l'atelier et le dur labeur de *rat de laboratoire*, pour un moment de convivialité et de régal. Au marché du village, la bonne nourriture ne manquait pas et cuire les aliments sur le feu représentait une récréation délicieusement amusante. La journaliste, qui n'avait pas l'habitude de cuisiner souvent, apprenait là aussi de nouvelles recettes, auprès de Clothilde. Mais cette fois, c'étaient des recettes pour le ventre, et non pour le nez.

— Au fait, nous n'avons pas vu Mondy depuis la réunion, l'autre jour. Est-ce qu'il va bien ?
— Je l'ai aperçu dans son jardin, hier. Il avait l'air en forme, mais vous avez raison, Macha, lorsque je suis prise dans mon travail, j'oublie tous mes devoirs. Il faudra que nous lui rendions visite, ce soir.

Le dîner fut un régal. La viande fondait dans la bouche, les pâtes glissaient, et le vin arrondissait encore tout ça dans le plaisir. Après la dernière bouchée, un dilemme se présentait, comme à chaque fois : laver la vaisselle dans la foulée, ou retourner au travail pour une heure ou deux, avant les tâches ménagères.

— Je propose que nous allions d'abord terminer nos préparations. C'est plus important, on verra l'intendance domestique plus tard. Ah ! Si seulement nous avions un homme ou deux pour s'en occuper à notre place !

Elles se mirent à rire. Les conclusions de l'expérience menée par le voisin revenaient en boucle dès que l'occasion se présentait.

Au retour dans l'atelier, la paillasse les attendait, couverte de fioles et de mélanges odorants. Un peu de rangement après le travail ne serait pas de trop. Elles enfilèrent leurs gants, et commencèrent à chauffer, mélanger, mettre en macération… En parfaite élève, Macha avait fait des progrès considérables en quelques jours. Elle gagnait de plus en plus en autonomie et Clothilde pouvait lui confier quelques opérations d'extraction sans crainte de gaspiller la précieuse marchandise. La myrrhe, en revanche, restait le seul terrain exclusif de la parfumeuse, étant donné la faible quantité de résine restant à exploiter. Hors de question de risquer d'en manquer, cela causerait un arrêt presque immédiat de tout le projet.

— Je vais chercher la myrrhe. Voulez-vous voir comment je la prépare, Macha ? C'est assez délicat.
— Oh, oui, cela m'intéresse beaucoup.

La parfumeuse ouvrit la porte du placard, et aussitôt, poussa un cri de stupeur.

— Que se passe-t-il ? La myrrhe a disparu ?
— Non, elle est bien là. Mais regardez, Macha, regardez !

Clothilde montrait l'intérieur du coffre. Il contenait plusieurs ingrédients précieux… et le fameux étui volé ! Les deux femmes n'en croyaient pas leurs yeux, l'étui était revenu dans le coffre.

— Je ne comprends pas ! Hier soir, il n'y avait rien, j'en suis sûre. J'ai pris de l'écorce d'orange amère, dans le coffre, je l'aurais vu.
— Bien sûr, Clothilde. Cela signifie que quelqu'un l'a remis la nuit dernière, ou alors, lorsque nous étions en train de manger dans la cuisine.
— Mais alors, la personne est entrée par le jardin. Qui cela peut-il être ?

— Sans doute la même personne qui a volé l'étui il y a dix jours.
— C'est incroyable ! Les fioles sont toutes là, regardez ! Il ne manque rien.
— Oui, en effet. Voilà vos essais retrouvés ! Nous allons appeler le lieutenant Leclou, je pense qu'il va être surpris.
— Et si nous allions voir Mondy, d'abord ? Il a peut-être vu quelque chose, depuis chez lui ?
— Bonne idée. Allons-y.

Les deux amies allèrent immédiatement sonner à la porte du voisin. Elles pourraient ainsi prendre de ses nouvelles, par la même occasion.

Mondy ouvrit et sourit en les voyant. Il avait l'air heureux de les voir, même s'il semblait très fatigué.

— Mondy ! Vous allez bien ? Vous ne devinerez jamais ce qui s'est passé !!

Le vieil homme les fit entrer, et leur offrit un thé. Puis, il tomba dans son fauteuil.

— Vous avez l'air épuisé, Mondy ?

— Je le suis. Ce sont ces réunions, c'est épuisant. Mais racontez-moi, que s'est-il passé ?

— Vous n'allez pas nous croire ! Les essais de parfum volés sont revenus !

— Ils sont revenus ?

— Oui ! J'ai ouvert le placard tout à l'heure, celui où je les avais rangés, et l'étui qui contenait mes fioles est bien là. Il ne manque pas un seul flacon ! C'est incroyable, quelqu'un les a rapportés.

— Hem… C'est formidable pour vous.

Mondy semblait perplexe. Il ne croyait sans doute pas à une pareille histoire. Un voleur qui rend l'objet de son larcin après quelques jours, quelle blague !

— Nous voulions savoir si vous avez aperçu quelqu'un, entre hier et ce soir, dans la rue devant chez nous, ou dans les environs ?

— Non, je ne vois pas. J'ai été très occupé, je devais faire des comptes rendus pour les associations. J'ai passé beaucoup de temps dans mon bureau.

— Eh bien ! Voilà un voleur étrange, et particulièrement discret ! Quelles surprises nous réserve-t-il encore ? Je me le demande.

— Peut-il avoir analysé vos essais, pour en établir la formule, et peut-être, reproduire le parfum, Clothilde ?

— C'est possible, Macha. Même si je ne sais pas qui serait capable de ça en peu de temps. Il faudrait de grandes compétences et beaucoup d'expérience. Et puis, je ne vois pas pourquoi il aurait pris la peine de me rendre l'étui et son contenu, ensuite. Nous verrons ce qui va se passer, dans les jours qui viennent. Qu'a dit *votre* lieutenant, au fait ?

— Je viens de l'avoir au téléphone pour lui raconter. Il est très surpris, lui aussi. C'est inattendu. La police n'a pas mis la main sur la fuyarde, alors, il pense que c'est elle qui a pu revenir. Mais pourquoi ? Pourquoi faire une chose pareille ? Il a réorienté les recherches sur le village, par conséquent. Mais ce n'est pas tout ce qu'il m'a dit.

Macha raconta à son amie et à Mondy ce qui s'était passé chez le parfumeur Dexter Feldman. Tous furent horrifiés. Cela ne s'arrêterait donc jamais ? Lucien recommandait aux deux femmes de quitter le village, au moins le temps de régler cette affaire. Il craignait pour leur sécurité.

Après quelques secondes de silence, Clothilde conclut.

— Je pense que votre ami policier a raison. Je crois que je vais mettre ce projet en attente. J'ai retrouvé mes essais, je n'ai plus besoin de refaire le travail. Je suis désolée, Macha, mais il me semble que c'est plus prudent de prendre un peu de distance. Nous allons tout arrêter et rentrer en ville.

CHAPITRE 18

Même si c'était un coup dur pour le moral, et une vraie déception pour la journaliste, qui comptait mener à terme la création des nouveaux essais du parfum antique, il fallait se rendre à l'évidence. La parfumeuse avait raison, elles devaient se montrer raisonnable et écouter le lieutenant.

A regret, elles rentrèrent ce soir-là avec, déjà, la nostalgie des journées dans l'atelier, des repas entre femmes, des discussions tardives à n'en plus finir… Tout cela allait s'arrêter maintenant.

— Le temps de tout ranger, mettre de l'ordre, nettoyer et rassembler tout mon matériel et mes affaires, cela prendra trois ou quatre jours, pas plus. Ensuite, je rentrerai et je reprendrai ma vie d'avant. Si vous voulez rester avec moi jusque-là, Macha, ce sera un plaisir.

— Je vous remercie, Clothilde, ce sera un grand plaisir pour moi aussi.

— Mais nous devons aussi quelque chose aux habitants du village, rappelez-vous ! Nous ne partirons pas sans tenir notre promesse.

— La surprise ! Nous leur devons une surprise !

Mais quelle surprise ? Que manigançait Clothilde ? Quelle idée trottait dans sa tête ?

Pendant que la parfumeuse mettait peu à peu tout en ordre, aussi méticuleusement qu'à son habitude, Macha l'aidait à rendre les lieux dans le meilleur état possible. Le soir, elle en profita pour écrire le brouillon de ce qui deviendrait par la suite le portrait de la créatrice, pour sa rubrique du journal *La Nature*.

Elle avait eu cette envie de faire le portrait de Clothilde depuis le jour où on lui avait demandé de la retrouver pour connaître ses intentions. D'abord, la journaliste n'avait jamais eu l'occasion de rencontrer un « nez », et ensuite, cette disparition soudaine ne pouvait que relever d'une histoire personnelle qui promettait d'être passionnante. Son intuition la trompait rarement.

Elle n'avait pas été déçue. La rencontre avec la créatrice s'était révélée passionnante.

Et voici ce que donnait son premier jet pour le portrait :

« Chacun d'entre nous a déjà porté un parfum. Et chacun a gardé dans sa mémoire le souvenir d'un amour, d'une rencontre, capable de ressurgir au simple rappel d'une odeur marquée à tout jamais dans l'esprit.

Il y a les parfums naturels, bien sûr, ceux que l'on peut respirer avec délices lors d'une promenade en forêt, ou dans une roseraie. Et puis il y a les parfums qui n'auraient jamais existé sans le don et le savoir-faire d'un « nez ». Le « nez », ce professionnel de l'odeur, de la fragrance, de la nuance olfactive, détenteur de bien des compétences et surtout, d'une grande capacité à analyser, composer, assembler, créer.

Boisé, fruité, floral, ambré, sucré, cacaoté, aux notes animales de cuir ou même de sécrétions..., tous les genres peuvent donner de grands parfums.

Imaginez qu'un parfum peut être composé de plus de trente ingrédients différents ! Les procédés d'extraction et de préparation sont divers, et peuvent être employés selon les besoins et le résultat recherché : enfleurage, distillation, pression... pour un produit fini huileux, solide, ou liquide.

Revenons au « nez ». Un artiste avant tout, qui ne peut compter que sur son odorat, et qui doit, tel un grand musicien, ou un danseur classique, l'entraîner chaque jour pour le maintenir au meilleur niveau. Un athlète, donc, au sens sportif, et un esthète de l'odeur. Un parfum, c'est un travail de chimiste, de biologiste, de scientifique également. On distille, on extrait, on macère, on mélange, on chauffe, on alcoolise, on huile... avec une précision et une rigueur de mathématicien. D'ailleurs, un parfum se compose de trois « notes », et ce n'est sans doute pas par hasard qu'elles se nomment notes de fond, de tête, et de cœur. Ces « notes » sont les accords de base, déterminées en premier par le créateur.

Car comment reconnaître un bon d'un mauvais parfum ? C'est l'invitée de mon portrait du jour, la grande créatrice-parfumeuse **Clothilde Sandret**, *qui nous le précise :*

Un bon parfum, dit-elle, est celui qui vous colle à la peau. On le met, et on a l'impression qu'il nous habille, qu'il a été créé spécialement pour nous. On pourrait presque sortir nu avec le parfum, comme si l'on était vêtu du plus parfait des costumes.

Clothilde est donc l'une de ces rares artistes du métier, de celles qui sont à l'origine des quelques fragrances que vous avez tous eu l'occasion de sentir au moins une fois dans votre vie. Et lorsqu'elle est en phase de création, ce n'est pas seulement une odeur qu'elle invente, c'est tout un monde qui n'existe pas au naturel. Elle ajoute de la beauté à la nature.

J'ai eu le plaisir immense de travailler quelques jours avec Clothilde Sandret, dans son atelier. Je ne peux pas vous révéler sur quoi nous avons passé tant d'heures ensemble, penchées sur nos paillasses, car c'est un secret. Son monde est chargé de secrets de fabrication, et de secrets de senteurs. La vie de Clothilde, comme celle de ses confrères, est une vie à la fois solitaire, et faite de rencontres, d'émotions, d'enthousiasme, et tout cela est hautement contagieux. Si vous l'approchez, vous ne pourrez plus jamais ressentir les odeurs comme auparavant. Vous serez envoûté par sa passion, dévoré par ses connaissances, conquis par son plaisir de partager. Peut-être qu'un jour, elle pourra rendre public ce secret. J'aurai alors le plaisir de voir révéler au grand jour une immense création, saupoudrée de ma modeste et reconnaissante participation, et de la partager avec vous. Ce projet, elle le mène seule, ou presque. C'est le projet de sa vie, sa façon de se réaliser pleinement.

Comment est-elle devenue « nez » ? Le secteur, en effet, est principalement occupé par les hommes. Il est très difficile pour une femme de s'y faire une place, et celle-ci doit se montrer encore plus déterminée et compétente pour s'imposer. Nous savons tous que ce n'est pas le seul domaine dans ce cas et pour certaines femmes, cela devient un moyen de développer leur caractère. Clothilde était une enfant sensible, mais tout à fait sociable. Elle aimait le vent, son chien, ses camarades de classe. Elle vivait en ville, mais lorsque l'été approchait, elle n'avait qu'une hâte, partir en vacances à la campagne avec toute la famille. Là, au milieu des plantes et des fleurs, s'est construit et développé son odorat.

Promenades en forêt et sur les sentiers, visites aux animaux de la ferme, étude des arbres et de leur diversité, classes de nature… Toutes ces activités, menées dans la joie avec cousins et cousines, frères et sœurs, voisins, ont rencontré chez elle un écho particulier, en l'amenant à vivre ses premières expériences olfactives. Elle a découvert là sa vocation : elle inventerait des parfums. Dès lors, elle n'a plus cessé de courir après son rêve, dépassant tous ses camarades d'études pour se faire sa place. Son talent a fait le reste, elle est la créatrice de plusieurs succès mondiaux.

Elle le reconnaît elle-même, son exigence et son acharnement l'ont parfois éloignée de ceux qu'elle aimait, et ceci même si elle a appris à apprivoiser la solitude. Pourtant, son envie de partager sa passion est immense, et sa générosité n'a pas de limite dans ce domaine.

Elle est de ces femmes entières et dévouées à leur art. Mais récemment, et grâce à ce projet bien particulier, elle a ouvert une brèche dans sa coquille de nacre. L'envie de changer s'est installée, Clothilde Sandret veut dorénavant se tourner vers les autres, et modifier la vision de son métier. D'un art élitiste, elle voudrait faire de la création de parfum une façon de relier les gens, de les aider à mieux se connaître en développant leur capacité à sentir. Car les odeurs se perdent, ou du moins, l'intérêt des gens pour les odeurs diminue. On cherche au contraire à les masquer, à les faire disparaître, sans distinction entre les bonnes et les mauvaises. On se parfume de moins en moins, c'est devenu de plus en plus accessoire, secondaire, et l'apprentissage des odeurs disparaît.

Mais elle est certaine qu'avec le projet qu'elle mène, et ses nouvelles aspirations, elle parviendra à convaincre le métier et ses collègues de changer leur approche et redonnera au parfum sa noblesse d'autrefois, celle de l'Antiquité, lorsque les senteurs étaient au centre de la vie spirituelle et religieuse, le lien entre les Humains et les Dieux. »

Bien sûr, ce premier jet allait être revu et corrigé sans doute une bonne dizaine de fois, comme toujours. Elle le ferait également lire à Clothilde, pour être sûre de son accord avant la publication. Pendant son séjour, la journaliste avait réalisé, fidèle à ses habitudes, une multitude de clichés de la parfumeuse, principalement au travail, concentrée sur sa tâche, mais aussi à l'extérieur, parmi les plantes et les fleurs, et dans la serre. Les photographies étaient empreintes de la passion de la créatrice, et il s'en dégageait à la fois sa douceur et sa détermination. Dans le décor si particulier de cet atelier reconstitué dans la maison de Mondy, l'ensemble constituait un tableau magnifique, donnant à la parfumeuse les airs d'une Marie Curie.

Le portrait allait être réussi.

La veille du départ, l'ambiance était un peu morne chez Clothilde. Comment ne pas se sentir un peu triste ? Pourtant, l'une et l'autre savaient qu'elles n'oublieraient jamais ces instants passés dans la maison de vacances de Milbès. Il restait encore à faire leurs adieux à Mondy, et ce serait peut-être là le plus difficile, car qui pouvait dire s'ils se reverraient un jour ?

La surprise était prévue pour le lendemain matin, jour du départ. Clothilde avait enfin consenti à livrer à son amie journaliste son idée. Celle-ci était convaincue du succès que rencontrerait l'évènement auprès des habitants lorsqu'elle leur apprendrait qu'elle était en réalité l'une des plus grandes parfumeuses du monde, habituée de Milbès depuis sa plus tendre enfance, bercée de centaines de merveilleux souvenirs dans leur village, et qu'elle avait profité de son séjour pour créer pour eux un parfum unique, à partir des plantes et fleurs locales. Et ce parfum, qui leur serait remis dans un magnifique flacon de deux litres, en cristal, ne contenait pas seulement l'essence des senteurs de Milbès, mais aussi tout ce qui constituait les meilleurs moments de l'enfance de sa créatrice. Si Madame Flanech n'avait pas vendu la mèche, la surprise allait être de taille.

Au commissariat, le lieutenant Leclou referma la porte de son bureau derrière Dexter Feldman, qui venait de lui livrer sans beaucoup de difficultés sa version des faits.

Lorsque le policier, pour le provoquer, lui avait assuré qu'il avait toutes les raisons de croire que le parfumeur était le commanditaire du cambriolage perpétré chez Martin Singh, Feldman n'avait pas essayé d'échapper à l'accusation. Lucien lui-même en était surpris, mais n'en laissa rien paraître.

— C'est vrai, lieutenant, c'est moi. J'ai envoyé l'un de mes amis, en lui demandant de forcer les scellés.
— Vraiment ? Et que devait-il chercher ?
— N'importe quel indice, n'importe quelle preuve qui montrerait que Singh était complice de ceux qui m'accusent d'avoir volé le trésor du Yaman.

— Mais comment avez-vous pensé à lui ? Pourquoi lui ?

— Clothilde m'avait parlé d'un professeur de sciences, qu'elle avait rencontré. Lorsque je lui ai transmis mon analyse de la composition des résidus du parfum antique, nous avons parlé de la difficulté première qui allait se présenter à elle : approvisionner tous les ingrédients. Pour certains d'entre eux, ce n'était pas trop compliqué, nous pouvions nous adresser à nos donneurs d'ordres habituels pour obtenir des informations sur les fournisseurs, mais pour l'un des ingrédients, c'était plus incertain.

— La myrrhe ?

— C'est ça. C'est une résine qui ne se récolte que dans peu de pays, en Afrique de l'Est, et il était nécessaire de trouver un produit pur, non coupé. Nous avions besoin d'un spécialiste. C'est là qu'elle m'a parlé de lui. Elle m'a dit qu'elle l'avait rencontré par hasard, à la bibliothèque, et qu'il était passionné d'épices. Elle m'a informé qu'elle allait lui demander, et que certainement, il accepterait de faire des recherches. Je l'ai trouvée bien sûre d'elle, et j'ai compris qu'il y avait quelque chose de spécial entre eux deux. Je lui ai demandé comment il s'appelait. Elle m'a dit son nom, j'ai compris qu'il était d'origine indienne. C'est tout.

— Vous avez une très bonne mémoire.
— Oui, c'est l'une de mes qualités. Mais surtout, je m'inquiétais pour Clothilde et j'étais donc très attentif à ce moment-là. Je savais qu'elle était seule, et que cela lui pesait plus qu'elle ne le disait. Elle n'est pas seulement un confrère, mais une amie, parfois une confidente. Nous nous connaissons depuis très longtemps, et même si nous ne nous voyons pas parfois pendant des mois, nous sommes proches, par notre activité commune et par notre façon d'aborder notre métier. Nous nous comprenons parce que nous vivons des situations similaires.
— Elle vous a reparlé de Singh plusieurs fois ?
— Pas directement, mais lorsqu'il lui a apporté de la myrrhe, la première fois, elle m'a appelé pour me prévenir. Elle était ravie, elle allait pouvoir poursuivre son projet. Et j'étais ravi aussi. Elle ne l'a pas nommé, mais elle m'a dit que c'était le « professeur » qui l'avait fournie, qu'il avait tenu parole et qu'elle était sauvée.
— Sauvée ?
— Sauvée de l'impasse, de l'impossibilité de mener son projet. Sans la myrrhe, il était impossible de poursuivre ce rêve, qui lui tenait vraiment à cœur.
— Et ensuite ?

— Ensuite ? Eh bien, lorsque cet homme a eu l'accident, elle m'a appelé également. J'étais loin, à New York, et j'ai senti la tristesse, dans sa voix, même si elle ne voulait rien laisser paraître. Je vous l'ai dit, je la connais bien. Je lui ai demandé ce qui n'allait pas, elle m'a juste dit que son « ami » était mort, et qu'elle allait se rendre à son enterrement. C'est là que j'ai su. Plus tard, lorsque j'ai reçu les menaces, j'ai tout de suite pensé qu'un petit malin se faisait passer pour un membre du gouvernement yamanais pour me faire du chantage, me demander de l'argent ou autre chose. J'étais perplexe et de plus en plus affecté, non pas pour moi, mais pour Clothilde qui avait repris le projet en charge. Puis, en réfléchissant, en ressassant toute cette histoire, j'ai pensé à Singh. Je me suis dit : « Et si c'était lui, qui avait manigancé tout ça ? Si Clothilde s'était un peu trop confiée à lui, et qu'il essayait d'en profiter ? ». J'ai donc voulu savoir s'il y avait chez lui une preuve ou un indice dans ce sens.
— Pourquoi ne pas en avoir parlé à la police ?
— Je ne sais pas, j'ai pensé que cela allait entraîner tout un tas de conséquences, qu'on allait m'interroger, me soupçonner moi aussi, et surtout, qu'on ne ferait pas de recherches chez Singh rapidement, et qu'ensuite, il serait trop tard. J'ai pensé

qu'agir moi-même serait plus efficace. Je n'ai pas l'habitude d'attendre, ni qu'on me dise ce que je dois faire. Je reconnais mes torts.

— Et votre homme de main, qu'a-t-il trouvé ?

— C'est un ami, pas un homme de main. Ce n'est pas un professionnel du cambriolage, si c'est ce que vous imaginez. Juste quelqu'un d'habile et qui voulait m'aider. Il n'a rien trouvé, rien qui mette en cause ce Singh. J'assume seul la responsabilité de cette infraction.

— Savez-vous où se trouve votre amie, Clothilde, en ce moment ?

— Eh bien, j'imagine qu'elle est chez elle, en ville. Je l'ai prévenue des menaces que j'ai reçues. Apparemment, ils ne savent pas que je lui ai cédé mes droits, donc elle ne doit pas être menacée. J'ai voulu lui rendre visite plusieurs fois, mais elle n'était pas disponible. Je sais qu'elle traîne beaucoup à la bibliothèque, ou au parc, dans les endroits riches en plantes. Je ne veux pas l'affoler non plus. Dites-moi, ces hommes, qui ont forcé ma porte, vous savez qui ils sont ?

— Pas encore, mais je vais le savoir.

Les déclarations de Feldman concordaient avec le rapport de Fauquet : la famille de Singh n'avait pas constaté de vol ni de manquant dans l'appartement du défunt. De son côté, le brigadier avait comparé les lieux avec ce qu'il avait vu lors de sa première visite en compagnie du lieutenant. Il n'avait rien remarqué, si ce n'est un désordre encore plus important.

L'audition du trio des agresseurs s'était déroulée très différemment de celle de Feldman. L'atmosphère avait atteint des sommets dans la tension et malheureusement, ça n'avait rien donné. Interrogés, ils se présentèrent comme des techniciens venus vérifier l'état des canalisations. Lorsque Leclou leur demanda de présenter leur ordre de mission, ils racontèrent qu'ils l'avaient perdu dans l'affolement, et qu'ils ne comprenaient pas du tout pourquoi Monsieur Feldman inventait une histoire pareille. Bien sûr, ils savaient que cela ne tenait pas, et que le flagrant délit pouvait être retenu contre eux, mais ainsi, ils gagnaient du temps. Il ne restait plus qu'à les mettre en garde à vue, en attendant qu'un avocat soit commis d'office et que les procédures d'enquête soient engagées.

Ce qui intéressait Leclou, cependant, c'était de pouvoir établir un lien éventuel entre ces trois personnages peu recommandables, et l'accident de la rue Lebège. Car la « fille du coffre » n'ayant pas été retrouvée, il ne pouvait toujours pas expliquer qui elle était, ni ce qu'elle faisait là, dans la voiture de Singh.

CHAPITRE 19

Macha sortit par l'atelier pour rejoindre le jardin, puis poussa le petit portillon mobile qui séparait l'espace de Clothilde du terrain de la maison de Mondy. Elle l'avait aperçu qui se dirigeait vers le fond de son jardin, en direction des magnifiques rosiers qui s'y épanouissaient. Les deux femmes voulaient inviter leur cher voisin pour un pot d'adieu. Elles étaient prêtes à partir.

Dans la cour de l'école bondée, quelques heures plus tôt, Clothilde avait remis solennellement au directeur et au maire du village le parfum créé spécialement pour Milbès, et portant son nom. Pour une surprise, ç'avait été la surprise de l'année. D'abord, apprendre que la locataire de Mondy ne s'appelait pas Florence, mais Clothilde Sandret, devenue la célèbre créatrice parfumeuse alors qu'on l'avait connue petite, jouant dans les flaques et les jeux d'enfant, puis recevoir ce cadeau incroyable, c'était beaucoup pour le village. D'un coup, tous les différends de ces derniers jours, exacerbés par les divergences d'opinion et les élections, avaient disparu comme par magie. Les habitants, appelés pour l'occasion, s'étaient peu à peu rassemblés autour d'un verre de vin, et, dans la joie des retrouvailles et la fierté d'avoir parmi eux une telle célébrité, avaient oublié leurs oppositions. Mondy était ravi, même si on lui reprochait gentiment d'avoir gardé le secret tout ce temps.

Macha prenait des photos, et discutait avec tout le monde. Elle avait l'intention de réaliser pour l'occasion une sorte de photoreportage sur l'évènement, afin d'en garder un souvenir. Il serait publié dans le bulletin annuel local. Madame Flanech, l'ancienne surveillante, qui avait réussi à force de volonté à tenir sa langue, en pleurait d'émotion, et tous ceux qui avaient connu Clothilde petite, lui tombaient dans les bras en la remerciant. Il faut dire qu'elle avait donné de son temps pour accueillir les enfants dans sa serre, et qu'elle avait apporté un peu de mystère, mais aussi beaucoup de distraction et de distinction, à tous les habitants. L'annonce de la séparation, juste après les retrouvailles, ajoutait à l'émotion. La parfumeuse en fut quitte pour promettre de revenir bientôt rendre visite aux villageois.

— Mondy ? Vous êtes là ?

Le vieux monsieur ne répondait pas. Son âge justifiait largement une petite perte de capacité auditive.

Macha appela à nouveau, et avança vers les rosiers. Dans le coin, se trouvait la cabane de jardin. Peut-être que le voisin était à l'intérieur ? Elle s'approcha et ouvrit la porte doucement. Il ne s'agissait pas de l'effrayer. Non, il n'était pas dans la cabane.

En revanche, il y avait une odeur, dans la petite construction de bois, où étaient stockés les matériels de jardinage, tondeuse à gazon et autres tuyaux d'arrosage. Une odeur autre que celle des outils, des restes d'herbe tondue, de la paille et de la terre. Une senteur que la journaliste connaissait bien, car elle avait eu l'occasion de la respirer chaque jour, depuis qu'elle était revenue chez Clothilde, à Milbès.

Ce n'était pas une odeur de nature, ni une odeur de produit d'entretien, ni d'animal. C'était un parfum, elle l'aurait reconnu entre mille. C'était l'odeur du parfum personnel et unique de la créatrice.

La journaliste était surprise. Clothilde était donc venue ici tout récemment, dans la cabane de jardin du voisin ?

Elle fut soudain alertée par un bruit derrière elle, et se retourna. C'était Mondy.

— Qu'est-ce que vous faites ici, Macha ?
— Oh ! Je suis désolée, excusez-moi. Ce n'est pas de la curiosité, je vous cherchais pour venir boire un verre, nous partons bientôt !

Le voisin sourit. Il n'y avait pas de mal, et pour boire un coup, il était toujours prêt. Mais la perspective de voir bientôt la maison de location vide ne le réjouissait pas du tout.

— Je vais me sentir bien seul, sans vous deux.

Ils se dépêchèrent de rejoindre la créatrice, qui les attendait impatiemment, champagne et petits fours à la main, sur un joli plateau peint de fleurs locales. Elle avait tenu à mettre les petits plats dans les grands, pour ce départ largement précipité.

— Allons ! Ne soyons pas tristes ! Buvons et fêtons tous ces bons moments passés ensemble ! Et souhaitons nous retrouver prochainement pour en vivre d'autres encore ! A nous ! Et merci, Mondy, pour tout ce que vous avez fait pour nous. Peut-être reviendrons-nous en vacances ici, un jour, si vous voulez bien de nous !

Ils trinquèrent, avec un peu d'émotion tout de même.

— Je ne vous avais pas vue aller dans la cabane de Mondy ce matin, Clothilde ! C'est amusant comme votre parfum reste telle la *queue de la comète*, derrière vous ! Il est puissant et impossible à confondre avec un autre ! Il faut dire que je suis allée à bonne école et qu'à présent, je suis incollable.
— Mon parfum ? Quelle cabane ? De quoi parlez-vous, Macha ?
— Je viens de reconnaître votre parfum, dans la cabane, alors que je cherchais Mondy. C'est forcément vous qui l'y avez laissé.
— Mais pas du tout ! Je ne suis pas allée chez Mondy aujourd'hui ! Vous faites erreur, Macha !
— Je suis certaine que non, je ne me trompe pas, c'était exactement la même odeur.

— Allons voir ça, je voudrais en avoir le cœur net, et je vais vous dire ce que vous avez cru sentir. N'est-ce pas, Mondy, que je ne suis pas venue chez vous ?
— Heu... Non, c'est vrai. Mais ce n'est pas si grave, on peut se tromper.
— Non, Macha ne devrait pas se tromper, avec tout ce que je lui ai appris, elle ne devrait pas. Allons-y, s'il vous plaît.

Mondy dut se plier aux souhaits des deux femmes, il ne faisait pas le poids. Elles y seraient allées sans lui, de toute façon.

En chemin, la jeune journaliste devenait de plus en plus blême. Elle commençait à se poser des questions. Ils arrivèrent tout trois près de la cabane.

— Bon, Macha, attention, j'ouvre la porte, et vous allez me dire ce que vous sentez, d'accord ? Je pense que vous êtes capable de distinguer vous-même une erreur. Allons-y.

Elles entrèrent, pendant que Mondy attendait dehors. Macha fut saisie immédiatement par l'odeur toujours présente, même si l'intensité avait très légèrement faibli depuis quelques minutes.

— Clothilde, je sens la vanille, la réglisse, les notes d'agrumes…
— Mais oui ! C'est mon parfum, vous avez raison, il n'y a aucun doute. Je dois reconnaître que vous dites juste ! Mais que fait mon parfum ici ?

Elles se tournèrent vers Mondy, tout blanc et transpirant. Macha avait la réponse.

— Il n'y a qu'une seule personne au monde, qui pouvait disposer d'un peu du parfum original et unique de Clothilde : c'est le voleur de l'étui.

Les trois amis se regardèrent. La parfumeuse semblait se demander pourquoi Macha disait cela. Elle était la seule à porter son parfum, évidemment. Mais très rapidement, elle se ravisa.

— Mais bien sûr, Macha, vous avez raison ! Mon dernier flacon se trouvait dans l'étui, avec tous les essais sur le parfum antique ! Je n'ai jamais donné le moindre échantillon à personne ! Donc, seul le voleur a pu en avoir en sa possession ! Le voleur est donc venu dans cette cabane !

Mondy ne disait rien, il écoutait les deux femmes, en silence.

— Vous n'avez vu personne, Mondy, dans votre jardin ? Vous êtes sûr ? Il est forcément entré ici, et tout récemment. L'odeur est encore présente, il a dû venir se cacher lorsqu'il est revenu pour remettre en place mon étui, ce matin-même, sans doute pendant que nous déjeunions.
— Je… ne sais comment vous dire…
— Nous dire quoi ?!

Le vieux monsieur baissa la tête. Il paraissait avoir une confession à faire, de celles dont on sait qu'elles vont tout changer.

— Ma protégée, celle que le lieutenant et les policiers recherchent, et qui avait volé vos essais, était bien ici, dans mon cabanon, encore ce matin. Elle vient de partir.
— Quoi ?! Mais pourquoi n'avez-vous rien dit, Mondy ?

— Je ne pouvais pas. Ç'aurait été la trahir, et je m'en serais voulu toute ma vie.
— Mais, c'est une voleuse ! Et on ne sait pas ce dont elle est capable.
— Non, je vous assure que c'est une victime. Je vais vous raconter.

Mondy commença son récit. Il expliqua comment, au retour de la réunion sur l'expérience des couples, quelques jours auparavant, il avait eu la surprise de tomber sur une jeune fille endormie dans son cabanon…

— J'ai voulu aller chercher la tondeuse, et sur le sol de pierre, devant l'entrée, j'ai vu du sang. J'ai cru à un animal blessé, un chat, un mulot ou autre chose. Lorsque j'ai ouvert la porte, j'ai vu cette toute jeune personne étendue par terre. J'ai eu peur, mais en m'approchant doucement, j'ai constaté qu'elle dormait ! J'ai reconnu la personne de l'avis de recherche. Il y avait du sang sur son bras. J'ai d'abord pensé la réveiller, mais je me suis dit que j'allais l'effrayer, et qu'elle risquait de s'enfuir. Alors, je suis allé chercher de l'eau, de la nourriture, et une trousse de secours, et j'ai déposé tout ça à côté d'elle.
— Vous auriez pu venir nous voir.

— Mais qu'auriez-vous fait de plus ? J'ai pensé, bien sûr, que c'était la fugitive, celle qui m'avait appelé pour que je la recueille. Elle serrait contre elle votre étui, c'est vrai. Mais je ne pouvais pas venir vous le rendre sans vous expliquer comment je l'avais retrouvé. Je lui avais promis la protection, vous comprenez. Elle m'avait contacté pour ça.

— Tout de même, elle est recherchée par la police !

— Mais sait-on ce qu'elle fuit ? On ne peut pas la livrer comme ça, alors qu'elle demande de l'aide. Je suis retourné chez moi, j'ai attendu, en surveillant le cabanon depuis ma fenêtre. A un moment, ça bougeait à l'intérieur. Mais elle n'est pas sortie. J'ai pensé qu'elle avait peur, mais au moins, elle avait de quoi se soigner et se nourrir. La nuit a passé. Le lendemain, je suis retourné voir. Elle était là, recroquevillée dans un coin du cabanon. Elle avait mangé, bu, et s'était fait un pansement. J'ai déposé de nouvelles vivres, je lui ai souri, et voyant qu'elle ne voulait pas bouger, je suis reparti.

— Et elle est restée tout ce temps dans la cabane ?

— Oui. Je crois qu'elle sortait la nuit, car j'ai vu des traces de pas dans la terre près de mon portail. Et puis, le lendemain, quand je suis venu encore lui apporter à manger, elle m'a parlé. Elle allait mieux, elle avait repris des forces.

— Elle vous a raconté ?

— Elle parlait en anglais, avec un fort accent. Elle avait du mal à s'exprimer. J'ai compris qu'elle fuyait le joug des intégristes de son pays, qu'elle était une militante pour la cause des femmes, que chez elle, au Yaman, les femmes n'avaient aucun droit et qu'on voulait la tuer. On la poursuivait, elle se sentait en danger. Elle m'a remercié de ne pas l'avoir dénoncée. Je n'avais pas besoin d'en savoir plus, je savais que j'avais bien fait.

— Elle est originaire du Yaman !? Et ensuite ?

— Je l'ai laissée se reposer encore, elle en avait vraiment besoin.

— C'est pour cela qu'on ne vous a pas vu pendant tout ce temps !

— Je devais la protéger. Et ce matin, quand je suis allé voir, elle avait disparu. Elle est partie.

— Et vous ne savez pas où ?

— Je l'ignore complètement. Elle est libre, je n'étais là que pour l'aider à passer ce mauvais moment dans sa fuite. C'est ce qu'elle voulait. Je pense qu'elle a dû remettre votre étui à sa place pendant la nuit. Je ne sais pas pourquoi elle vous l'avait pris.

— Mais vous ne craignez pas pour sa sécurité ?

— Si. Mais je n'ai fait que ce qu'elle m'a demandé, je n'avais pas à prendre d'initiative. Si elle m'avait dit de la garder chez moi, ou de prévenir quelqu'un, je l'aurais fait.

L'expérience de Mondy en matière d'aide humanitaire n'était pas à remettre en cause. Il avait fait ce qu'il devait faire, selon ses principes et ses convictions.

Macha devait agir selon les siennes. Elle informa ses amis qu'elle allait immédiatement prévenir le lieutenant Leclou. Mondy comprenait sa position, il n'essaya pas de la convaincre de passer sous silence ce qui s'était passé, c'était peine perdue.

Lorsque le lieutenant apprit que la « fille du coffre », puisque c'était bien elle, avait rendu l'étui et que sa cavale était justifiée par la poursuite dont elle faisait l'objet, il comprit immédiatement qu'il parviendrait à ses fins grâce à ces informations. Il avait maintenant un coup d'avance, il savait comment orienter son interrogatoire des trois hommes qui avaient été pris chez Feldman !

Pour Clothilde et Macha, après ce dernier retournement de situation, était vraiment venu le moment du départ. Avec regret, elles fermèrent les volets, la porte d'entrée, déposèrent les clés chez leur voisin, et quittèrent Milbès ensemble.

CHAPITRE 20

Les articles des journaux quotidiens sur les révélations concernant l'accident de la rue Lebège, parurent le même jour que celui de Macha sur le portrait de Clothilde Sandret, dans le magazine La Nature. Hasard des impératifs d'éditions. La journaliste acheta plusieurs de ces journaux, pour constater que chacun avait uniquement exprimé les lignes principales de l'histoire, sans entrer dans les détails. On y lisait que l'accident qui avait fait un mort, et permis de découvrir une jeune femme dissimulée dans le coffre, n'en était pas un. Les articles racontaient qu'au terme d'une longue enquête, on n'avait finalement jamais pu retrouver la jeune femme, enfuie de l'hôpital après y avoir été soignée, mais qu'on savait qu'elle était originaire du Yaman, dont elle fuyait des intégristes antiféministes. Le rôle de Singh, conducteur décédé, était décrit comme celui d'une sorte de « passeur humaniste » qui devait conduire la fille dans un lieu sûr le temps de décourager ses poursuivants. Malheureusement et selon ce que la police avait bien voulu dévoiler, il avait été victime d'une attaque dirigée vers la fille, et se trouvait être une victime collatérale de cette agression sur notre sol. Une histoire sombre, donc, mystérieuse et très triste, dans un contexte tendu et au nom de revendications traditionnalistes. Heureusement, on avait pu arrêter les auteurs et complices du meurtre et les coupables se trouvaient à présent en prison.

Lucien avait appelé son amie Macha quelques jours auparavant pour lui livrer les conclusions de sa longue et fastidieuse enquête, et la remercier pour son aide. L'affaire était bien plus complexe que cela, et impliquait également par ricochet le parfumeur Dexter Feldman et sa confrère Clothilde Sandret, dont les noms n'avaient pas été cités auprès de la presse pour des questions de confidentialité et de protection.

— Macha, nous savons maintenant qui a causé l'accident, et comment les choses se sont passées rue Lebège. C'est le conducteur du camion arrivant d'en face, qui a fait un écart volontaire pour heurter sciemment et de plein fouet la voiture de Singh.

— Mais Singh, lui-même, pourquoi était-il au milieu de la route ?

— Parce qu'il y avait un autre complice dans ce coup monté. Une voiture bleue, passée juste avant, a laissé tomber un ballon sur la chaussée, obligeant le professeur à faire un écart lui aussi. Il s'est jeté droit sur le camion.

— Qui était visé ?

— C'est la « fille du coffre » qui était visée. L'opération était commanditée par nos trois lascars du Yaman, ceux que l'on a coincés chez Feldman, et qui s'apprêtaient à lui faire du chantage. Ce sont eux qui ont fini par parler. Ils étaient envoyés par les intégristes yamanais, un groupe très puissant qui traque tous ceux qui ne respectent pas les « bonnes mœurs », selon leurs chartes rigoristes. Ils étaient en chasse de la « fille du coffre », et nous croyons maintenant savoir qui elle est, même si elle a disparu à nouveau de la circulation. Elle est connue des autorités de son pays et sa disparition a été signalée. Sans doute se terre-t-elle quelque part pour échapper à ses poursuivants, dieu sait dans quel pays.

— Mais pourquoi ne demande-t-elle pas l'aide des autorités ?

— Elle craint sans doute d'être finalement renvoyée chez elle, où elle serait en grand danger.

— Et comment a-t-elle eu l'idée de demander la protection de Mondy ?

— C'est sans doute Singh, qui lui avait parlé de votre voisin lors de leur rencontre, au cours d'un voyage du professeur dans un pays proche du Yaman, pour rapporter de la myrrhe ou des épices. Ils ont fait connaissance, elle lui a parlé de sa situation, il a dû lui donner le nom de Mondy et son association, et lorsqu'elle a senti qu'elle était vraiment en danger, elle est venue se réfugier ici. Elle a cherché Singh, et l'a trouvé alors qu'il s'apprêtait à partir pour Milbès apporter la myrrhe à Clothilde. Elle l'a supplié de l'aider, de l'emmener voir ce monsieur si impliqué dans les causes d'égalité entre les hommes et les femmes. Il a cédé, a accepté de l'emmener, mais lui a demandé de se cacher dans le coffre car c'était trop dangereux. Malheureusement, ils devaient la surveiller, ils ont vu qu'elle montait dans sa voiture, et ils ont imaginé ce faux accident, en payant très cher le chauffeur de camion et le conducteur de la voiture bleue pour faire le sale boulot. Nous avons fini par mettre la main sur ce dernier, grâce aux indications du chauffeur avec lequel il s'était mis d'accord. Tous deux sont dans de sales draps. Ils ont cédé à l'attrait du gain.

— C'est affreux.

— Oui. Singh est mort alors qu'il ne voulait que rendre service, c'était un homme pacifiste et tolérant. Il était au mauvais moment au mauvais endroit.

— Et ensuite ?

— La « fille du coffre » a quand même gagné Milbès par ses propres moyens, en faisant du stop. Sur le chemin, elle a contacté Mondy après avoir trouvé ses coordonnées par le biais d'une association, et lui a demandé de l'héberger.

— Mais finalement, elle n'est pas allée chez lui ?

— Lorsqu'elle est arrivée chez Mondy, je pense qu'elle vous a entendues, Clothilde et toi, parler du parfum antique en cours d'élaboration.

— Vraiment ?

— Elle devait s'être glissée dans le jardin, et si elle a entendu le nom de son pays, cela l'a tout de suite fait réagir. Elle a compris le projet, et elle s'est dit immédiatement qu'elle pouvait utiliser les essais pour sauver sa peau. Ce sont les hommes de main intégristes du Yaman qui nous ont avoué qu'elle les avait contactés pour leur proposer de leur livrer les essais du parfum antique, contre sa liberté.

— Mais que pouvaient-ils en faire ?

— Elle leur a affirmé que s'ils revenaient au pays avec ces fioles, reproduction fidèle du parfum des rois de l'Antiquité, ils pourraient recevoir tous les honneurs et toutes les récompenses en échange, car il s'agissait d'un véritable trésor. Ce n'est pas faux ! Ce parfum recréé représente un exploit, une remise à l'honneur de la richesse culturelle de ce pays, la preuve que c'est une civilisation parmi les plus anciennes, les plus riches et les plus remarquables. C'est un laisser-passer pour le rayonnement mondial, et une nouvelle image pour ce pays pauvre et corrompu. Elle a tout de suite compris cela.

— Mais qui est-elle, cette fille, exactement, Lucien ?

— C'est une jeune femme exceptionnelle. Son prénom est Yéla. Elle a d'abord étudié les sciences, puis la littérature, et enfin, la politique, grâce à l'aide de ses grands-parents, qui l'ont intégrée dans un circuit scolaire clandestin pour jeunes filles, au risque de se faire arrêter et emprisonner à vie. Puis, après l'obtention haut-la-main du plus haut grade de diplôme possible, elle a voulu s'engager dans l'armée, pour son pays. Là aussi, elle a gravi rapidement tous les échelons pour se retrouver à la tête d'un bataillon de femmes. Ses capacités physiques et de commandement se sont révélées exceptionnelles, elle a même été décorée.

— Mais alors, pourquoi s'est-elle retrouvée dans cette situation ?

— Elle a fini par se tourner vers les féministes, à cause de tout ce qu'elle avait pu observer à l'école, dans la vie de tous les jours, au travail, et aussi à l'armée. Elle était révoltée de la place des femmes, dans leur grande majorité : recluses à la maison, on les utilise pour les travaux domestiques et pour faire les enfants, et elles n'ont que peu de droits. Elle a décidé, à l'âge de vingt ans, de fonder une association de lutte contre l'asservissement des femmes. En faisant cela, elle s'est mise à dos tous les intégristes du pays, des gens agressifs et dangereux. Ils ont commencé par tenter de l'intimider, puis, comme ça ne marchait pas, ils ont brûlé les locaux de son organisation. Et enfin, voyant que ça ne l'arrêtait pas et qu'elle redoublait de conviction, ils l'ont menacée de mort, et poursuivie. Ce sont des membres de son association, qui sont intervenues in extremis et au péril de leur vie pour la sauver lorsque les intégristes ont failli la jeter à l'eau pour la noyer. Mais les menaces ont continué, et elle a dû fuir son pays.

— Pourquoi son chantage au parfum antique n'a-t-il pas marché ?
— Ses poursuivants ont tenté de la doubler. Ils ont fait semblant d'accepter sa proposition : sa liberté contre les essais de parfum. Ils lui ont donné rendez-vous dans la petite ville près de Milbès. C'est là que je l'ai aperçue dans le supermarché, quelques heures avant la rencontre, elle volait de la nourriture car elle n'avait pas d'argent. Mais elle m'a échappé, elle ne savait pas à qui elle avait affaire. Lorsqu'elle est tout de même allée au rendez-vous, acculée, ils ont voulu l'attraper et la faire prisonnière. Yéla a été blessée, mais elle a réussi à s'échapper, et à garder l'étui des fioles.
— Elle est très forte.
— Oui, l'armée l'a forgée, elle est entraînée, c'est une véritable guerrière. Elle a fait semblant de prendre le train, puis elle est revenue en arrière, et a regagné Milbès.
— Et là, elle s'est écroulée dans le cabanon de Mondy ?
— C'est ça. S'il ne l'avait pas aidée, à ce moment-là, elle serait morte de fatigue, de soif et de faim, ou bien elle se serait rendue aux intégristes.
— Elle n'avait donc plus besoin de l'étui. Cela ne pouvait plus lui servir.
— Exactement. Alors, elle l'a remis à sa place. Et dès qu'elle a été sur pied, elle est

repartie. Entretemps, les intégristes ont perdu sa trace.

— Mais les menaces contre Feldman ?

— Lorsque les trois lascars à la poursuite de Yéla ont eu connaissance qu'un parfum antique du Yaman allait être reproduit, ils ont fait faire des recherches par leurs chefs, au pays, et c'est comme cela qu'ils ont eu le nom de celui qui avait acheté les droits d'exploitation ; Dexter Feldman. Heureusement, ils ne savaient pas, pour Clothilde. Ils ont décidé de faire pression sur lui, pour décourager Yéla et la mettre en défaut, et pour le faire chanter et obtenir de lui de l'argent afin de se fournir en armes. Ils pensaient pouvoir lui faire suffisamment peur pour qu'il cède. La période était instable en raison des élections, ils se sont dit que ce serait plus facile d'obtenir gain de cause, dans la confusion. Ce sont des traditionnalistes qui ne supportent pas que des nations étrangères mettent leur nez dans les trésors du Yaman, et encore moins les exploitent. Ils sont opposés à leur gouvernement en cela, ils cherchent le retour à une société strictement contrôlée et aux valeurs anciennes. Mais c'est une façade, en réalité, ils se moquent bien du parfum antique, ils ne veulent que le pouvoir et l'argent.

Macha et Clothilde furent extrêmement touchées de connaître l'histoire et le combat de Yéla. Sa lutte s'annonçait difficile, mais elle avait les armes pour continuer à se battre. La créatrice aurait voulu lui offrir le parfum, pour qu'elle garde un moyen de protection grâce à sa grande valeur culturelle, mais où la contacter ? Personne ne savait où elle était partie se réfugier.

Personne ? En réalité, un vieux monsieur, au cœur du village de Milbès, le savait, lui. Mais il n'en dirait jamais rien à personne.

Clothilde et Macha se revirent plusieurs fois et se retrouvèrent même à Milbès pour une semaine de vacances ensemble, l'année suivante. Mondy leur loua à nouveau la maison, dans laquelle elles entreprirent avec bonheur de confectionner pour la journaliste un parfum sur mesure. La créatrice voulait lui faire ce cadeau, et tenait à ce qu'elle y participe. Ainsi, la senteur serait parfaitement à son goût. Macha aimait la bergamote, la sauge et l'odeur du pin, et son parfum devait représenter un parfait équilibre de ces notes originales. Elle emporta à la fin de la semaine un très beau flacon de sa création, siglé « Clothilde Sandret ». Dexter Feldman se dégagea du temps dans son agenda surchargé pour les rejoindre le dernier week-end et passer du temps avec son amie Clothilde. Il voulait s'assurer qu'elle allait bien et découvrir ce fameux village et ses habitants si attachants. Lui-même put confirmer qu'il avait bien retrouvé toutes ses facultés, et le prouva en gagnant un jeu de reconnaissance de senteurs organisé par Macha pour les enfants du village, avec les plantes locales. Il allait bientôt se remettre au travail pour créer une nouvelle fragrance pour le plus grand industriel de l'époque. La créatrice, elle, envisageait d'entreprendre un travail en collaboration avec Mondy et au sein de ses associations, autour du parfum et de sa popularisation auprès des non-initiés. Elle proposait des conférences bénévoles pour animer les réunions du vieux monsieur, en développant toute une approche du parfum, plus globale. En effet, elle souhaitait présenter les fragrances en partant de leur histoire, et non pas seulement de l'aspect olfactif et technique du produit. Une autre façon de parler de valeurs humanitaires, puisque le parfum est universel et n'a pas de genre. Il concerne tout le monde.

Quant au parfum antique, il est toujours dans un coffre, à l'abri, et la parfumeuse espère qu'un jour, elle pourra le remettre en mains propres à Yéla pour l'aider à gagner sa place dans la société patriarcale du Yaman. Pour cela, il faudra que ce pays reconnaisse que les contrats et documents en possession des avocats de Feldman prouvent réellement qu'il est propriétaire des droits, et que l'accusation qui le vise est mensongère.

Par cette action, Clothilde voulait aussi rendre hommage à Martin Singh. Il était inimaginable qu'il soit mort pour rien.

Le parti du président fut réélu, ce qui valut au pays une nouvelle série d’émeutes, puis un retour au calme relatif pendant plusieurs mois, le temps de souffler un peu. Pour les habitants de Milbès, le prix du lait allait encore constituer un sujet de discussion pendant longtemps.

ISBN de la version papier : 9791096121410

Dépôt légal : juin 2022

REMERCIEMENTS :

J'ai beaucoup aimé inventer et raconter cette histoire, dans la « tradition » des Leclou, tels que je les ai imaginés dès le départ.

Des histoires humaines, des aventures au plus près de la nature et des destins uniques, qui me font rêver.

Si vous voulez m'encourager, et que vous avez aimé ce livre, n'hésitez pas à en parler, à laisser un commentaire ou un avis.

Printed in France by Amazon
Brétigny-sur-Orge, FR

21231750R00162